O Poder Mágico das
FADAS
Mensagens e ensinamentos dos espíritos da natureza

O Poder Mágico das
FADAS

Mensagens e ensinamentos dos espíritos da natureza

GEORGE GUZMÁN

© Publicado em 2016 pela Editora Isis.

Revisão de textos: Rosemarie Giudilli
Diagramação: Décio Lopes

DADOS DE CATALOGAÇÃO DA PUBLICAÇÃO

Guzmán, George

O Poder Mágico das Fadas – Mensagens e ensinamentos dos espíritos da natureza | George Guzmán | 1ª edição | São Paulo, SP | Editora Isis, 2016.

ISBN: 978-85-8189-029-6

1. Fadas 2. Esoterismo I. Título.

Proibida a reprodução total ou parcial desta obra, de qualquer forma ou por qualquer meio seja eletrônico ou mecânico, inclusive por meio de processos xerográficos, incluindo ainda o uso da internet sem a permissão expressa da Editora Isis, na pessoa de seu editor (Lei nº 9.610, de 19.02.1998).

Direitos exclusivos reservados para Editora Isis.

EDITORA ISIS LTDA
www.editoraisis.com.br
contato@editoraisis.com.br

Sumário

Introdução 7
O reino das fadas 9
Como são exatamente? 11
As fadas na Inglaterra 27
As fadas na Irlanda 49
Islândia 63
Em outras latitudes 71
Os países árabes e os djins 77
Fadas, gnomos e outros seres misteriosos na Espanha 81
Teorias, mensagens e elocubrações 109
Dorothy Mac Lean e Findhorn 111
Michael Roads 121
Ken Carey 129
A Unidade da Vida 143
Fadas e espíritos das árvores e das plantas 153
Os 4 elementos e os seres que os habitam 171
Os universos paralelos 197

Seres inteligentes no interior da Terra 207
Uma porta nos polos 211
O Mistério do dr. John Dee 213
Voltando às fadas..219
Conhecimento e compreensão 223
Epílogo..225

Introdução

Até há pouco tempo, a palavra fada costumava evocar na imaginação um tipo muito concreto de ser fantástico: feminino, bondoso e com poderes mágicos que nos contos ajudava sempre a protagonista ou o protagonista a saírem sempre vitoriosos quando eram vítimas de uma injustiça.

Neste livro vamos considerar o termo fada em um sentido mais amplo e ao mesmo tempo mais real, nele incluindo todos os espíritos da natureza: fadas, duendes, elfos, gênios, gnomos e demais seres incorpóreos que sempre fizeram parte inseparável dos mitos e das lendas das mais diversas culturas.

Curiosamente, chegamos a um ponto na evolução da humanidade em que o fantástico, no sentido do maravilhoso e assombroso, já não é mais o imaginário e sim, o real. Assim, nas páginas que seguem, ao mesmo tempo em que examinamos o rico mundo do folclore, os mitos e as lendas, vamos também levar em conta as testemunhas das pessoas atuais, homens e mulheres que tiveram encontros com esses seres espirituais, recebendo deles mensagens que, simplesmente, por sua beleza, merecem ser transmitidas e difundidas.

Por outro lado, quem quer que aplique seriamente a imaginação ao estudo da realidade, logo descobrirá que a fronteira entre o maravilhoso e o positivo, ou dizendo de outra forma, entre o mundo visível e o invisível, é na verdade, muito tênue. A probabilidade de que existam outros universos, paralelos ao nosso, parece cada vez menos fantasiosa. E essa é uma ideia que encontramos constantemente em diversos campos da investigação científica contemporânea. Este, porém, não é um livro científico, ainda que tampouco seja um conto. Pretende ser simplesmente uma viagem por certos domínios, pouco explorados, entre os que se incluem outras dimensões da realidade, distintas da que percebemos no cotidiano. Intercala-se nele o imaginário e o verdadeiro, a fantasia e a realidade.

O pouco tempo disponível e o estado precário dos meus conhecimentos, não me permitiram aprofundar tudo o que havia querido nessa exploração. Assim, me limito a mostrar testemunhos de outros, a esboçar hipóteses e a intuir algumas vias de comunicação entre o nosso e alguns planos da existência, que para muitos continuam sendo terra proibida e de que eu tão somente tive fugazes vislumbres. Quando houver mais informação objetiva sobre esses mundos – hoje, todavia, misteriosos – seguramente se verá que muito do conteúdo destas páginas, é inexato. Fico contente com isso e a partir daqui agradeço àqueles que a tornaram possíveis.

O reino das fadas

As pessoas da Antiguidade naturalmente aceitavam o reino das fadas, dos duendes, dos gnomos e de uma multidão de outros espíritos da natureza – alguns favoráveis ao homem, outros malignos – sem questionamento, como um fato da sua experiência direta.

No homem moderno, todavia, os órgãos de percepção do mundo suprassensível atrofiaram-se. Isso é parte do preço que devemos pagar pela evolução da mente analítica. Enquanto o ser humano estava vinculado à natureza, podia decifrar perfeitamente suas mensagens: o vento, as árvores, os animais e a chuva falavam-nos a todo tempo. Hoje continuam fazendo-o, mas, ao menos no mundo ocidental, esquecemos sua linguagem. O desenvolvimento tecnológico trouxe consigo um isolamento do ser humano, uma separação da natureza e dos outros seres que nela habitam.

No passado, os celtas, os gregos e os romanos renderam cultos e consagraram altares aos espíritos da natureza. Os árabes de todas as épocas respeitaram e temeram os chamados djins. As tradições e as escrituras sagradas do subcontinente indígena estão repletas de referências a eles (os devas) e o folclore dos nativos americanos menciona constantemente esses iludíveis  habitantes dos montes, das pradarias, dos bosques, rios e lagos.

Curiosamente, nas zonas rurais de todas as partes do mundo, as pessoas comportam-se de modo igual diante deles, tomando as mesmas medidas de precaução e respeitando os mesmos tabus.

No Ocidente, são encontrados na fantasia popular, na mitologia e nas canções infantis, e, recentemente, se apropriaram de um novo campo: a internet transborda de fadas, gnomos, gênios, duendes, elfos e trolls.

Bem vindos sejam!

Como são exatamente?

Devido à influência cristã, às vezes se atribui às fadas certa associação com os anjos, e em alguns contos os anjos chegam a assumir o papel das fadas. Não obstante, isso talvez seja errôneo, pois as fadas nem sempre tem aspirações morais ou espirituais, ainda que se mostrem em relação estreita com a natureza.

De acordo com a tradição bretã, as fadas, na realidade, descendem dos anjos. Quando se desencadeou a guerra nos céus, os que lutaram junto a Deus permaneceram nos céus, os anjos de Lúcifer encaminharam-se com ele para o inferno, enquanto que, os que ficaram neutros, mantendo-se afastados de ambos os lados, permaneceram na terra como fadas.

Algumas tradições associaram as fadas e os anjos aos falecidos e equiparam o mundo das fadas ao reino dos mortos, visto que elas costumam viver em cúpulas subterrâneas.

No seu livro, *Os Espíritos da Natureza*, o bispo Charles W. Leadbeater oferece-nos uma detalhada descrição desses seres, explicando as distintas linhas evolutivas em que se formaram e acentuando as grandes diferenças que existem entre elas, desde os grandes devas, que seriam como anjos majestosos, até os diminutos e efêmeros seres parecidos com faíscas de luz e cuja responsabilidade seria algum aspecto concreto do crescimento de uma flor ou de uma planta. Também menciona outros que ele considera como formas mentais e sem vida própria.

Disse o famoso teósofo:

> [...] os espíritos da natureza, aos quais devemos considerar como alguns dos habitantes autóctones da terra, dela foram expulsos pela invasão do homem, como ocorreu analogamente com os animais selvagens. Do mesmo modo que estes evitam por completo as cidades populosas e qualquer lugar em que se reunam multidões humanas, pelo que ali apenas se nota sua influência. Nas tranquilas paragens rurais, porém, nos bosques e campos, nas montanhas e no alto mar, estão sempre presentes, sua influência é poderosa e onipenetrante, da mesma maneira que o perfume da violeta embalsama o ambiente ainda que esteja oculta entre a erva.

Estes seres seguem uma evolução à parte, completamente distinta da evolução humana. O tipo melhor conhecido pelo homem são as fadas. Vivem normalmente na superfície da Terra, ainda que, como seu corpo é etéreo, podem atravessar à vontade a crosta terrestre. Suas formas são múltiplas e variadas, mas geralmente tem forma humana de tamanho diminuto, com algum exagero grotesco de uma ou outra parte do corpo.

Dado que a matéria etérea é plástica e facilmente modelável pelo poder do pensamento, são capazes de adotar qualquer aspecto que lhes agrade, se bem que tenham de si formas peculiares que trazem inteligência. Diferem quando não necessitam tomar outras, para um determinado propósito. Também têm cores próprias que distinguem umas espécies das outras.

Há um imenso número de raças de fadas cujos indivíduos diferem em inteligência e aptidões, o mesmo que ocorre entre os homens. Analogamente aos seres humanos, cada raça mora em distinto país e às vezes em diferentes comarcas de um mesmo país e os indivíduos de cada raça tendem geralmente a se manterem em vulnerabilidade como acontece com os homens de uma nação.

Para o famoso médico Theophrastus Phillippus Aureolus Bombastus von Hohenhein, mais conhecido como Paracelso (1493 – 1541), as fadas, gnomos, duendes e demais espíritos da natureza, não deveriam ser chamados espíritos, pois sua substância não é espiritual, senão material, ainda que muito mais sutil do que a nossa. A descrição que nos deixou destes seres é muito pormenorizada, coincidindo em grande parte coma as de Leadbeater.

Disse Paracelso:

Há duas classes de carne, uma que vem de Adão e outra que não vem de Adão. A primeira é matéria, grosseira, visível e tangível para nós; a outra não é tangível e não é feita de terra. Se um homem que descende de Adão, quiser passar por uma parede, tem antes que fazer um buraco; mas um ser que não descende de Adão, não necessita fazer nenhum furo ou porta, senão que pode passar pela matéria que, para nós, parece sólida, sem que lhe cause dano algum.

Os seres que não descendem de Adão, como os que dele vieram, tem corpos substanciais, mas existe tanta diferença entre a substância que compõe seus corpos, como a que há entre a matéria e o espírito. Entretanto, os elementais não são espíritos, porque tem carne, sangue e ossos. Vivem e propagam sua espécie, comem e falam, dormem e fazem suas roupas e, por conseguinte, não podem propriamente serem chamados espíritos.  São seres que ocupam um lugar entre os homens e os espíritos, parecendo-se aos homens e às mulheres na sua organização e forma e assemelhando-se aos espíritos na rapidez da sua locomoção. São seres intermediários. Nem a água nem o fogo podem prejudicá-los e não podem ser encerrados em nossas prisões materiais. Estão, não obstante, sujeitos a enfermidades.

Vivem dentro dos quatro elementos: as ninfas na água, as sílfides no ar, os pigmeus na terra e as salamandras no fogo. Também são chamados: ondinas, seres silvestres, gnomos, vulcanos etc. Assim como os peixes vivem na água, que é seu elemento, assim cada ser vive no seu próprio elemento. Por exemplo, o elemento em que o homem vive e respira é o ar, mas para as ondinas a água representa o que o ar é para nós.

O elemento dos gnomos é a terra e atravessam as rochas paredes e pedras como um espírito, porque suas coisas não são para eles maiores obstáculos do que o ar é para nós. No mesmo sentido, o fogo é o ar em que vivem as salamandras. Os silfos, ou as sílfides, são os que se encontram numa relação mais aproximada conosco, porque vivem no ar como nós.

Os espíritos da natureza têm também seus reis e suas rainhas. Os animais recebem sua roupa da natureza, mas os espíritos da natureza preparam-na por si mesmos. A onipotência de Deus não se limita apenas a cuidar do homem, senão que se estende também a cuidar dos espíritos da natureza e de muitas outras coisas das quais os homens não sabem nada. Todos estes seres

veem no Sol e no firmamento o mesmo que nós, porque cada elemento é transparente para aqueles nele vivem. Assim, pois, o Sol brilha através das pedras para os gnomos e a água não impede às ondinas de verem o Sol e as estrelas. Tem suas primaveras e invernos e sua "terra" produzem-lhes frutos, porque cada ser vive do elemento de que brotou.

Com respeito à personalidade dos elementais, pode-se dizer que os que pertencem ao elemento da água parecem-se com os seres humanos de ambos os sexos: os do ar são maiores e mais fortes; as salamandras são longas, delgadas e secas; os pigmeus, ou gnomos, medem dois palmos de estatura, mas podem estender ou alongar suas formas até parecerem gigantes.

Os elementais do ar e da água, as sílfides e as ninfas são de bondosa disposição para com o homem. As salamandras, não podemos sabê-lo devido à natureza ígnea do elemento em que vivem, e os pigmeus costumam ser de natureza maliciosa.

Constróem casas, abóbadas e edifícios de estranho aspecto com certas substâncias por nós desconhecidas. Dispõem de um tipo de alabastro, mármore, cimento etc., mas essas substâncias são tão diferentes das nossas como a teia de uma aranha é diferente do nosso linho.

As ninfas possuem suas residências e palácios na água; e as sílfides e as salamandras carecem de moradia fixa. Em geral, aborrecem pessoas presunçosas e obstinadas tais como os dogmáticos, os cientistas, os bêbedos, os glutões, assim como os brigões e as pessoas vulgares de todas as classes.

Mas amam os homens naturais, que tem a mente simples e são como as crianças, inocentes e sinceros. Quanto menos vaidade e hipocrisia tenham os homens, mais fácil lhes será aproximar-se deles, contudo em caso contrário são tão reservados e intratáveis como os animais silvestres.

Têm vivendas e roupas, métodos e costumes, linguagem e governo próprios, no mesmo sentido em que as abelhas têm suas rainhas e as manadas de animais selvagens, seu chefe. Algumas vezes são vistos de diversas formas. As salamandras foram vistas como bolas ou línguas de fogo, correndo nos campos ou aparecendo nas casas.

Têm ocorrido casos em que as ninfas adotaram a forma humana e entraram em união com o homem. Há certas localidades em que grande número de elementais vive junto e deu-se um caso em que um homem foi admitido na sua comunidade e com eles viveu por algum tempo e fizeram-se visíveis e tangíveis para ele.

Nas lendas dos santos faz-se alusão aos espíritos elementais da natureza, chamando-os, muitas vezes, de diabos, nome que não merecem.

No norte da França há uma lenda que relaciona as fadas com os megálitos. Conforme relatam os bretões, os korred, outros habitantes do mundo das fadas, intervieram na construção dos dólmens. Os korred, que possuíam uma enorme força, carregaram as grandes pedras em suas costas e agruparam--nas em círculos. Depois, esconde-ram-se em covas sob essas mesmas pedras. Na França, por exemplo, entre os nomes com que denomi-nam os menires e os dólmens estão: Rocha das Fadas, Pedra das Fadas, Gruta das Fadas, deixando constân-cia da suposta origem desses monumentos megalíticos. Às vezes culpam também as fadas pelas pedras que se desprendem, pois, segundo eles, as fadas as levam nas suas saias e logo as atiram, provocando desgraças.

As pessoas que tiveram encontros com fadas, gnomos e outros espíritos da natureza definem-nos como alegres e tristes, brincalhões e fechados, amistosos e vingativos, complacentes, cheios de ódio e destrutivos, de acordo com o momento. Poder-se-ia dizer que são como a natureza que apresenta múltiplas faces.

Esses seres mágicos desconfiam do ferro e do aço, já que na época da sua origem, não existiam. Ao mesmo tempo, sabem ser hábeis ferreiros e têm fama de serem excelentes prateiros e ourives. Em geral, as fadas rejeitam a industrialização e a técnica. Não lhes agradam os homens que adotam os modernos estilos de vida. Não sentem respeito pelas coisas materiais, para grande desafio dos humanos.

Entre as coisas que apreciam, especialmente, está a música e o baile, viajar em grupos e praticar esportes, como o lançamento de dardos e outros objetos. Freqüentemente recorrem a um ser humano para que esteja junto a eles

quando participam de uma competição de
lançamento, a fim de obter força dele. Agra‑
da‑lhes a ordem, a pulcritude e o asseio,
tanto na casa como na granja e tem o poder
de fazer que cresçam os cultivos. Há sem‑
pre fontes ou baldes de água clara e limpa
para lavar seus bebês. Entusiasmam‑lhe os
pastéis, especialmente se lhes são servidos
junto a pratos de leite ou creme. Apreciam
a afetuosa hospitalidade, a generosidade, as boas maneiras, a
alegria, a honradez e a sinceridade. Também lhes encanta tomar
artigos emprestados do ser humano, como comida, ferramentas,
fogo etc.

Agradam-lhes os cabelos dourados, sobretudo nas mulheres belas e jovens e a roupa brilhantemente colorida. É sábio sempre tratá-las com respeito, inclusive mais do que com seres humanos. O que mais estimam é sua privacidade, detestam ser observadas ou interrompidas. Não obstante, ocasionalmente dão as boas-vindas a um forasteiro que sabe entrar em suas festas com originalidade e alegria, mas este é um assunto arriscado e não é para qualquer um.

Diz-se que, conhecendo-se a invocação adequada ou entoando-se um determinado canto ou uma rima, um mortal pode internar-se no mundo das fadas. Em certa ocasião um homem viu uma densa poeira que se movia e identificou-a como um

grupo de fadas voadoras. Então, gritou uma palavra e foi arrastado para os ares para passear com elas.

Outra história relata que um homem corcunda ouviu as fadas que em sua festa cantavam uma monótona e repetitiva cançoneta que dizia em galês: "segunda-feira, terça-feira!". O homem, oculto atrás de uma parede e sem ser visto, interveio acrescentando: "e quarta-feira, também!". As fadas ficaram tão encantadas de poder concluir a canção (pelo que parece haviam ficado embaraçadas sem saber continuar) que o levaram para a festa junto delas e antes de devolvê-lo a este mundo, tiraram-lhe a corcunda das suas costas.

Todavia, outro que, tentando que lhe fizessem a mesma cura, interferiu na canção, mas o fez sem ritmo e fora do tom e isso só conseguiu enjoá-las. Assim, em lugar de tirarem o seu defeito, o que fizeram foi aumentá-lo, acrescentando-lhe a corcunda que haviam tirado do primeiro homem. O que parece fora de qualquer dúvida, é que não se torna fácil introduzir-se no mundo das fadas, pois elas evitam sempre o ser humano, a menos que desejem algo de nós.

No antigo relato de Eliodorus, que conta Giraldus Cambrensis (1146-1223), diz-se que as fadas não comem nem peixe nem carne e que vivem de uma dieta à base de leite enfeitado com açafrão. Se seus próprios animais, por alguma razão, não dão suficiente leite ou se simplesmente têm vontade de tomar o leite das vacas dos humanos, não hesitam em deixar vazios alguns poucos úberes. Como proteção contra essa possibilidade, conta-se por toda parte que se devem atar aos cornos dos animais, algumas pedras perfuradas que recebem o nome de deuses das galinhas.

Acredita-se que esses seres não comem os alimentos, mas que extraem deles sua essência etérea. Por outras palavras, diz Lewis Spencer, as fadas se alimentam normalmente de coisas que são próprias dos homens, pois delas extraem a 'alma', a essência, deixando de lado a parte já isenta de suco. Isso mesmo se crê no norte da Índia. Os camponeses estão convencidos de que elas podem absorver a essência do leite, do soro ou da carne, só de olhá-los. Também gostam do mel, assim como de qualquer tipo de doces. Agrada-lhes qualquer fruta, mas os morangos são talvez suas prediletas.

Na Baviera, antes do gado subir para os pastos, atam-se nas vacas cestos com morangos e rosas entre os chifres como oferenda para as fadas. Em um conhecido conto inglês, as fadas do bosque protegem um homem, porque ele, antes, havia dado leite e água de um manancial, a uma anciã.

Além dos morangos, as fadas dos bosques são amantes dos ovos de perdiz e dos arándanos e também permitem que as pessoas lhes paguem seus serviços com leite e pão branco.

Os contos de fadas estão repletos de alimentos que as fadas ou outros seres da natureza entregam aos homens com a intenção de enfeitiçá-los, mas isso são apenas contos. Vejamos a seguir a percepção que se tem em diversos países desses seres mágicos.

As fadas na Inglaterra

A literatura e a história inglesa estão repletas de encontros com fadas, duendes, gnomos e demais espíritos da natureza. John Beaumont, falando com as fadas, no século XVII, perguntou-lhes uma vez que categoria de seres elas eram. As fadas responderam-lhe que eram "criaturas de uma ordem superior ao gênero humano, que podiam influenciar nossos pensamentos e que sua morada estava no ar".

O pastor escocês, Robert Kirk, que escreveu, em 1691, *A comunidade secreta dos Elfos, Faunos e Fadas*, e de quem se conta que o raptaram as fadas, por divulgar seus segredos e por haver tido a temeridade de caminhar por uma pequena montanha que pertencia a elas, escreveu:

> "Conta-se que essas fadas são de uma natureza intermediária entre o homem e o anjo. São de espírito inteligente e laborioso e de um corpo mutável e sutil, com uma natureza semelhante a de uma nuvem condensada e se vêem melhor no crepúsculo.

Esses corpos resultam tão fáceis de manejar para os sutis espíritos que os habitam que podem fazer que apareçam e desapareçam ao seu capricho. Dizem, também, que seus corpos são feitos de ar solidificado. Suas vestimentas e sua linguagem são similares às das pessoas do país onde vivem. Dizem que têm governantes aristocráticos e leis, que se distribuem em tribos e ordens e têm filhos, berçários, matrimônios, mortes e enterros parecidos aos nossos. Seus principais vícios são a inveja, o rancor, a hipocrisia, os embustes e o engano".

Acrescenta, no mesmo tratado:

"... estes fabulosos personagens aéreos não tem tanto ímpeto e tendência para qualquer vício como o homem, por não estarem imbuídos em um corpo tão grande e cheio de escórias como nós estamos, alguns deles empreendem mais intentos do que os outros para realizarem ações heróicas, tendo as mesmas medidas de virtude e vício que temos nós e esperam a evolução até um estado superior e mais esplêndido. Uma só fada é mais forte do que muitos homens, mas não são propensas a causar dano ao gênero humano, a não ser que se lhes dê a incumbência de castigar alguma falta grave ou que se as moleste especialmente".

O historiador galês Giraldus Cambrensis atribui-lhes uma moralidade um pouco melhor:

> "Esses homens de mínima estatura, mas muito bem proporcionados em sua constituição, eram todos de compleição clara, com um abundante cabelo que lhes caía sobre os ombros, como o das mulheres. Tinham cavalos e galgos adaptados ao seu tamanho. Não comiam carne nem peixe, apenas viviam seguindo uma dieta de leite, preparada com açafrão para formar uma sopa. Nunca juravam, porque não havia nada que detestassem tanto como a mentira. Cada vez que regressavam do nosso hemisfério superior, reprovavam nossa ambição, infidelidade e inconstância. Careciam de toda forma de adoração pública ao ser, conforme pareciam, amantes e adoradores da verdade".

Ralph de Goggeshall e Gervásio de Tylbury também falam das fadas como gente pequena, mas outros cronistas ingleses da Idade Média afirmam que são de estatura normal. O certo é que nos contos de fadas podem variar desde um tamanho maior do que o do homem até o do diminuto duende que dorme em uma flor de campainha.

Já em princípios do século XX, o estudioso Evans-Wentz dizia que as fadas são uma raça especial, situada entre a nossa e a dos espíritos, enquanto que Nutts chama-as de "os poderes da vida".

A maioria dos escritores ingleses que deixaram crônicas sobre esses seres declara que possuem uma organização social com realeza: há as rainhas das fadas e os reis dos duendes.

A história não-oficial dos povos britânicos está cheia de episódios em que intervêm fadas, gnomos, duendes e outros seres incorpóreos, habitantes dos campos e dos bosques. Assim, por exemplo, na biblioteca do estado de Nova Iorque conserva-se um microfilme do manuscrito de Moses Pitt, datado de 1696,

As fadas na Inglaterra | 31

em que se conta com todos os detalhes o caso de Anne Jefferies, muito famoso em sua época e sob o que se compuseram canções e romances que chegaram até nossos dias.

Anne Jefferies, uma jovem da Cornualha, de 19 anos, foi visitada e pelo que parece raptada por um grupo de duendes de muito reduzido tamanho. Ao voltar outra vez a este nível de consciência, a jovem ficou durante um tempo muito aturdida, sofrendo esporadicamente de sacudidas e espasmos semelhantes aos ataques epiléticos. Quando, depois de certo tempo, recuperou a saúde, demonstrou possuir um milagroso dom de cura, aliviando, e inclusive curando, qualquer doença, apenas ao tocar a pessoa enferma na parte do corpo afetada.

Já em tempos mais recentes, no ano de 1977, uma senhora de Somerset, narrava resumidamente o seguinte:

"*Estava com minha mãe no jardim, colhendo rosas, quando, de repente ela levou um dedo aos lábios e indicou uma das flores. Surpreendida, vi ali um pequeno ser feminino, como de uns*

15 cm de altura. Uma figura maravilhosa, com finérrimas asas de libélula que brilhavam. Trazia na mão um bastão mágico diminuto e com ele sinalizava a flor. Na ponta do bastão brilhava uma luz que parecia uma estrela. Como se podia ver através de suas roupas, a pele desse pequenino ser era de cor rosa pálida; tinha cabelos longos e prateados e como que rodeados por uma aura. Voou ao redor da flor, durante dois minutos, movendo suas asas como um colibri e depois desapareceu".

A própria senhora inglesa explicava a seguir que a fada ou o elfo que havia visto tinha exatamente o mesmo aspecto como o que aparece nas ilustrações dos livros.

O caso mais famoso de fadas, sem dúvida alguma, ocorreu no Reino Unido. É o caso das fadas de Cottingley, pequena cidade nas cercanias de Bradford. Tudo começou alguns dias antes do término da Primeira Guerra Mundial, quando Frances Griffith, uma menina de 12 anos, escrevia de Cottingley para sua amiga Joana, que estava na África do Sul, onde ela mesma também havia vivido um tempo:

"Querida Jo, espero que estejas bem. Enviei uma carta, mas deve ter-se perdido. Brincas com Elsie e Nora Biddles? Agora no colégio aprendo francês, geometria, culinária e álgebra. Na semana passada papai voltou para casa, estava na França havia 10 meses. Aqui todos pensam que a guerra terminará logo. Vamos colocar bandeiras na janela do meu quarto. Envio também duas fotografias minhas. A primeira foi tirada pelo tio Arthur: estou com roupa de banho, no pátio, atrás da casa. A outra, a que me vê com as fadas no arroio, foi feita pela Elsie. Rosebud continua gordíssima. Fizeram-lhe novos vestidos. Como estão Teddy e Dolly?"

Não seria outra coisa, senão uma simples carta de uma colegial para sua amiguinha, se não contivesse essa alusão, insólita e assombrosa, à fotografia das fadas. Como elas mesmas manifestariam mais tarde, as duas meninas, na realidade não se surpreendiam ao verem ou ao fotografarem as fadas: elas participavam do mundo da sua infância e parecia-lhes muito natural que habitassem aquele rincão dos campos ingleses, junto ao arroio que corre ao fundo do grande jardim de Cottingley. No verso da foto, Frances garatujou algumas palavras:

"As fadas do arroio tornaram-se minhas amigas e de Elsie. É estranho que nunca as tenha visto na África. Aí deve fazer demasiado calor para elas".

A história dessa foto, que chegou a ser muito popular, fez correr rios de tinta. Não obstante, o fundamento é o melhor anódino: em uma tarde de julho de 1917, Elsie e sua prima Frances pediram emprestada a câmara fotográfica do pai de Elsie. Queriam fazer fotos para enviá-las a uma das suas primas. A jornada transcorreu sem incidentes, salvo a imprudência de Frances que caiu no arroio e molhou a roupa.

À noite, o senhor Arthur Wright, pai de Elsie, entreteve-se revelando a chapa. Surpreendeu-se muito quando viu aparecerem algumas curiosas formas brancas no clichê. Elsie afirmou que eram fadas. Ele riu e pensou que eram pássaros ou papéis levados pelo vento. Durante o mês de agosto, foi Frances quem manejou a câmera: fotografou sua prima, à beira do arroio em que aparece um duende. Como era previsível, em uma foto tomada por uma criança de 11anos, a foto está manchada e mal focada. O pai das meninas revelou mais uma vez a chapa e viu com assombro que voltaram a aparecer as formas esbranquiçadas. Persuadido de que as meninas queriam enganá-lo, proibiu-as de tornar a usar a câmara.

Arthur Wright e sua esposa Polly já estavam intrigados: revisaram o quarto de Elsie e Frances à busca de traços de recortes de livros de contos. Percorreram também as margens do arroio, após as provas da presumida maquinação, mas nada encontraram.

Quando lhes foi perguntado a respeito dos pormenores da sua história, Elsie e Frances mantiveram suas teimas: viram umas fadas e as fotografaram. Existe algo mais normal para meninas? Durante algum tempo, os membros da família admiraram as fotografias e as mostraram a seus amigos. Todos se encantavam, mas finalmente se esqueceram do assunto das fadas.

No verão seguinte, Polly Wright assistiu a uma reunião da Sociedade de Teosofia de Bradford. Interessava-lhe muito o Ocultismo, assim como os diferentes tipos de ectoplasma. Naquela noite o tema de discussão era "a vida das fadas".

Durante o encontro, Polly Wright contou a algumas pessoas que sua filha e sua sobrinha haviam fotografado algumas criaturas muito curiosas, e rapidamente se divulgou a notícia. No congresso de teósofos que se celebrou logo após, duas cópias das fotos de fadas já circulavam entre os membros daquela sociedade esotérica e chegaram às mãos de Edward Gardner, um dos membros do movimento teosófico, que por sua vez as entregou à imprensa. Gardner era uma pessoa maníaca e um pouco suscetível. As cópias reveladas por Arthur Wright não lhe pareceram satisfatórias, pelo que incumbiu Fred Barlow, fotógrafo experto, de novos negativos dos originais, mais claros e limpos.

Foi então que começou na realidade todo o assunto sobre as fadas de Cottingley. O mundo acabava de sair de uma guerra mundial e discutia-se sobre fotos de fadas. Era assombroso! Parece que ninguém estranhou em um primeiro momento: nenhuma pergunta acerca do tempo de exposição das fotos, o contorno das silhuetas das fadas, os penteados que brilhavam, tão de acordo com o gosto da época, ou sua indumentária. A única preocupação do teósofo foi obter algumas cópias mais claras.

Precisamente naquele tempo, sir Arthur Conan Doyle, criador do Sherlock Holmes, estava preparando um artigo sobre as fadas para o *Strand Magazine*. Com os anos, o escritor se havia convertido em um apaixonado pelo Espiritismo e pelos fenômenos paranormais. Quando ouviu falar das fotografias, tentou encontrá-las a qualquer preço.

No princípio, ele desconfiava, pelo que mostrou as cópias de sir Oliver Lodge, um dos pioneiros das investigações psíquicas na Grã Bretanha. Declarou ele que os clichês eram forjados e pensou que se tratasse de bailarinas vestidas de fadas. Outro especialista em Ocultismo observou a Conan Doyle que o penteado das fadas era demasiado parisiense para ser autêntico.

O que atualmente resulta intrigante é o fato de que todos esses comentários fizeram-se a partir das cópias, não das chapas originais. Todo mundo estudou as cópias realizadas pelo experto de Eduardo Gardner, não as verdaeiras chapas impressas pelas duas meninas. Talvez Conan Doyle e Gardner não considerassem importante remeter-se ao original, e por essa razão não mencionaram a possibilidade. Ainda assim, pode induzi-los a esse procedimento seu interesse pela propagação da doutrina teosófica e espírita.

Observou-se que as figuras estavam tremidas, e era este um argumento para os que acreditavam na autenticidade das fadas que estariam vivas no momento da foto. Para a Kodak, em compensação, os clichês haviam sido retocados por um falsificador muito hábil.

Naturalmente, triunfaram os espíritas e os teósofos: aquelas fadas e aquele duende constituíam a prova da existência dos espíritos da natureza. Gardner desempenhou um papel semelhante ao do doutor Watson Conan Doyle: foi investigar a casa dos Wright e julgou honesta e respeitável a família. Para silenciar seus detratores, articulou-se a possibilidade de se fazer novas fotos.

Em agosto de 1920, emprestou-se a Elsie e a Frances uma nova câmara e umas 20 placas. Somente dessa forma se conseguiria provar que as fadas existiam.

Enquanto isso, Conan Doyle havia entregado seu artigo ao *Strand Magazine*, prometendo ilustrá-lo com as fotos da segunda série. Tampouco para ele havia dúvida possível. Inclusive realizou uma viagem à Austrália para levar a boa nova espírita da descoberta das fadas.

Quando, em novembro, apareceu o artigo do *Strand Magazine*, produziu-se a avalanche. A edição esgotou-se em poucas horas. O fato provocou inúmeras reações: acusou-se Conan Doyle de querer perverter o espírito das crianças com semelhantes disparates e inclusive alguém afirmou que inculcar essas ideias absurdas nas crianças, com o tempo, provocaria nelas transtornos nervosos e desequilíbrios mentais. A opinião dividiu-se entre a admiração do sucesso com os truques, o ceticismo cortês, a burla sarcástica e a ira. Apenas nos ambientes espiritualistas e teosóficos acreditava-se firmemente na existência das fadas.

Em 1921, Frances e Elsie começaram novamente a fazer fotos de suas amigas fadas. Gardner emprestara-lhes duas câmeras e algumas chapas, com marcas secretas que impediam qualquer truque ou substituição. Explicaram-lhe seu funcionamento, distribuindo-lhes um verdadeiro cursinho de técnicas fotográficas sobre tempos de exposição e profundidade de campo. E ali ficaram as duas meninas à espreita das fadas. Gardner regressou a Londres.

Durante 15 dias choveu sem parar, o que tornou impossível ir brincar junto do arroio. Depois, o tempo melhorou e em 19 de agosto a caça às fadas recomeçou. O que iam fotografar as duas meninas? Teriam as fadas o mesmo aspecto que aparece nas bonitas ilustrações dos livros infantis? Naquela vez, o mundo aguardava com impaciência.

Em uma carta a Gardner, o teósofo que pretendia demonstrar a existência das fadas de Cottingley, Polly Wright, contava a segunda campanha que sua filha e sua sobrinha empreenderam para fotografar as pequenas damas do arroio:

"... o tempo estava nublado e cheio de brumas pela manhã toda e não puderam fazer as fotografias até a tarde quando se dissipou a neblina e saiu o Sol. Assim, deixei-as e fui tomar chá com minha irmã. Quando voltei, fiquei bastante desiludida: só puderam fotografar duas fadas".

Continuava a carta:

"Ali voltaram sábado à tarde e fizeram várias tomadas, mas há apenas uma em que aparece algo diferente. Não poderemos fazer grande coisa com elas. Arthur revelou as fotos".

No final das contas, não pode surpreender nenhuma fada quando empreendia o voo. Enfim, as placas chegaram a Londres, onde C. Doyle e E. Gardner aguardavam por elas com impaciência.

Doyle ficou maravilhado com essa série de fotografias e utilizou-a para ilustrar um segundo artigo publicado no Strand Magazine. No ano seguinte ele publicou inclusive um livro, *The coming of the fairies*, onde dá conta de certo número de aparições de fadas.

As reações diante dessa segunda série foram variadas, mas todas elas se caracterizaram pela paixão. Muitos ficaram admirados diante da semelhança das fadas com as personagens dos livros ilustrados para crianças. Também se destacou outra vez que suas vestes e seus penteados eram demasiado elegantes. Do mesmo modo, a nitidez das silhuetas dessas fadas fazia pensar em um hábil retoque. Finalmente, as pessoas suspeitavam que sir Arthur Conan Doyle estivesse exagerando e perguntavam-se como um homem como ele havia podido misturar-se em um assunto tão turvo.

As reações favoráveis, quer dizer, as dos partidários da autenticidade das fotos, resultavam, a miúdo, incômodas: eram por demais precipitadas e estavam com frequência impregnadas de uma excessiva ingenuidade. Os teósofos e os espiritualistas pareciam abandonar qualquer atitude crítica. O mesmo Doyle descrevia sem comover-se a cena que figura na quinta placa:

"... sentada no alto do ribeirão, à esquerda, uma fada com as asas soltas parece perguntar-se se chegou o momento de empreender o voo. À direita outra fada de idade madura, com magníficas asas e abundantes cabelos, já empreendeu o voo. Seu corpo, ligeiramente mais denso, adivinha-se através da sua túnica de fada".

Cottingley converteu-se em um povoado muito conhecido. Nunca antes se havia contado histórias de fadas e de duendes.

Sabe-se que as fadas e os demais espíritos da natureza apreciam viver junto à água nos bosques. Acaso não se erguiam às margens do arroio, próximo à casa das duas meninas, carvalhos, freixos e matagais de espinhos que sempre estiveram associados às fadas e a outras criaturas legendárias?

Desde Londres, organizaram-se expedições a Cottingley. Solicitou-se o famoso clarividente Geoffrey Hodson que se transladou ao povoado para ver as belas senhorinhas do arroio. As duas meninas divertiram-se muito com Geoffrey Hodson, que efetivamente acreditou poder afirmar que havia visto uma fada.

Muitos anos depois, já em 1978, essas fotografias foram submetidas a um novo procedimento de ampliação desenvolvido para a análise das imagens enviadas pelos satélites americanos da Lua. Essa análise revelou detalhes insólitos, particularmente o que pareciam alguns cordéis situados acima das silhuetas das fadas. Um estudo atento das fadas também realçou a estranha semelhança entre seus trajes e o das fadas representadas no *Princess Mary's Gift Book*, livro que apareceu em 1914 e que gozou de grande popularidade em sua época.

Todos esses argumentos, porém, ficavam anulados diante dos olhos daqueles que acreditavam na autenticidade das fotografias. Lógico, já que as via com frequência. E seus desenhos não eram melhores nem piores do que os de qualquer menina da sua idade. Semelhantes aos do *Gift Book*? Evidentemente os dois grupos de fadas estão bailando. Não obstante, as de Cottingley tinham asas. E os cordéis que apareceram na ampliação? De que material suficientemente invisível para a época podiam ter sido feitos?

Um último argumento: as duas fotógrafas aficionadas não tinham algum móvel suficiente para montar semelhante enredo, que, não o esqueçamos, saiu à luz por razões alheias à sua vontade. E nenhuma das duas contava com tempo, os meios, nem a habilidade suficiente para trucar as placas fotográficas. É curioso, porém, que nenhuma das duas repórteres gráficas do invisível com o passar dos anos não modificaram suas declarações.

Em 1966, Elsie, já sendo avó, aceitou finalmente ser interrogada por um jornalista da emissora *BBC*: confirmou que seu pai havia ficado alheio a todo o assunto e sustentou que ela havia visto realmente as fadas. Dez anos após, no transcurso de uma nova entrevista, reafirmou suas declarações.

O tema das fadas de Cottingley foi levado ao cinema em várias ocasiões, o que o tergiversou ainda mais e acrescentou-lhe uma dose extra de fantasia.

Em 1983, a revista *Times* publicou um artigo em que Frances e Elsie, já nos últimos anos das suas vidas, admitiam que pelo menos algumas fotos haviam sido retocadas, porém sempre mantiveram a afirmação de que as fadas eram reais. Frances morreu três anos depois, com 78 anos de idade, defendendo até o final que ela realmente vira as fadas. Sua prima, Elsie, morreu dois anos mais tarde, aos 84 anos. Em um livro publicado por Frances, dois anos antes da sua morte, dizia:

> "As fadas foram algo maravilhoso. Mais tarde me esforcei para esquecer todo o assunto, pois cansa falar uma vez e outra do mesmo assunto durante tantos anos.
>
> É como se elas me obrigassem a voltar ao tema e, sobretudo, às ideias que já mencionei: todos somos unos e temos de esforçar-nos para sermos conscientes dessa unidade".

Ainda que os meios atuais permitam afirmar quase que com total segurança que as fotos foram manipuladas, o enigma de Cottingley continua em pé. Evidentemente, um espírito racional não vê fadas, mas a teimosia das meninas e muitos fatos inquietantes suscitam certas dúvidas. E no fundo, o que é a racionalidade, senão uma ideia que pode mudar muito em função do contexto social?

Noutras épocas, pessoas consideradas sensatas, viram fadas e diabos, sem que nada pusesse em dúvida sua racionalidade. Algumas regiões do mundo foram desde sempre ricas em manifestações sobrenaturais e uma delas é, por certo, a zona em que se encontra Cottingley.

Alguns investigadores indagaram se as fadas de Cottingley não seriam impressões fotográficas mentais, uma espécie de projeção de imagens suficientemente forte para impressionar uma película. Nesse caso, o episódio de Elsie e Frances poderia ser semelhante aos fenômenos do *poltergeist*, em que costuma interferir adolescentes na idade das duas meninas. Curiosamente, depois de 1921, as duas garotas deixaram totalmente de ver fadas.

O curioso é que quase 90 anos depois, toda a história das fadas de Cottingley continua gerando paixões e incredulidade.

Como é possível que o criador de Sherlock Holmes, um detetive acostumado a lidar com fatos, não com teorias, e que em muitas ocasiões negou-se a aceitar a existência do sobrenatural, pudesse crer nas fadas? E como é possível que fosse enganado por duas adolescentes? Os biógrafos de Arthur Conan Doyle preferem esquivar-se do assunto. Alguns lhes dão importância enquanto outros nem sequer o mencionam em suas obras.

As fadas na Irlanda

A Irlanda tem sido tradicionalmente identificada como o lar das fadas e dos gnomos. Assegura-se em algumas partes do país, que, em algumas ocasiões, uma neblina oculta certas zonas dos bosques, e se alguém se fixa nelas com atenção, poderá vislumbrar um cortejo de fadas, especialmente, alguns em dias do ano, como em noites de São João.

São muitas as testemunhas que teriam avistado fadas nessa noite tão especial. Nessas ocasiões, ouvem-se primeiro as músicas dos festejos, e em seguida um séquito de cavalos passa diante dos olhos das pessoas e através da neblina, podem-se ver certos seres que aparecem e desaparecem, todos rodeados de uma luz muito suave. De repente, a neblina dissipa-se e as imagens esfumam-se da mesma maneira como apareceram.

Certos relatos irlandeses insistem sobre a existência de um mundo paralelo ao nosso, como se existisse outro mundo no nosso próprio mundo em uma outra dimensão.

Charles W. Leadbeater descreve assim suas observações sobre os seres incorpóreos que encontrou na Irlanda:

"Coisa estranha é que a altura sobre o nível do mar parece influir na distribuição geográfica dos espíritos da natureza, pois os que moram nas montanhas raras vezes misturam-se aos do plano. Lembro-me de que ao subir a montanha de Slievenamón, uma das tradicionalmente sagradas da Irlanda, observei os limites definidos de demarcação entre os distintos tipos. Os contrafortes inferiores, assim como as planuras circundantes, estavam povoados por uma ativíssima variedade de pequenos seres de cor vermelha e negra que pulavam do sul ao oeste da Irlanda, atraídos pelos centros magnéticos. Contudo, após meia hora de ascensão na montanha, não vi nenhum destes seres rubro--negros, mas o sopé estava ali povoado pelo agradável tipo azul moreno.

Também estes têm sua zona perfeitamente delimitada e nenhum espírito da natureza de qualquer outro tipo se atreve a penetrar no espaço limítrofe com a cúpula consagrada aos poderosos devas de cor verde que durante mais de 2000 anos ali estão custodiando um dos centros de força viva que encadeiam o passado com o futuro da mística terra de Erín. Esses devas são avantajados ao homem em estatura e suas formas agigantadas apresentam a cor das

novas folhas primaveris, mas de indescritível suavidade, refulgência e brilho. Olham a terra com seus admiráveis olhos que luzem qual estrela, plenos da paz dos que vivem no eterno e esperando com tranquilidade e a certeza que infunde o conhecimento, a chegada do tempo determinado. Ao contemplar semelhante espetáculo adverte-se plenamente o poderio e a importância do aspecto oculto das coisas".

O prêmio Nobel, William Butler Yeats, ocupou-se durante toda sua vida dos duendes, das fadas e em geral, dos diferentes espíritos da natureza, recolhendo com grande delicadeza, as lendas narradas pelos seus conterrâneos irlandeses. Para Yeats, os sentimentos desses seres são puros e sem dúvida, inesgotáveis e repletos de beleza.

De acordo com suas próprias palavras:

No reino impreciso há mais amor, mais dança e mais tesouros do que aqui na Terra.

É curioso comprovar como algumas das pessoas das quais se recolheram essas histórias mostram-se céticas – e, portanto sábias – com respeito ao inferno, mas não obstante, não duvidam da existência de fadas e duendes porque "duvide-se do que for, do que nunca se duvida é dos duendes".

Muitos outros contaram a Yeats sobre suas visões e seus encontros com "outra gente", e observamos com curiosidade que essas visões eram consideradas tão normais, que uma vez que um ancião viu, juntamente com 30 homens e mulheres que estavam trabalhando no campo, um numeroso grupo de duendes, o homem para quem trabalhavam, apesar de também vê-los, obrigaram-os a deixar de olhar e voltar ao trabalho, porque, conforme lhes disse, para isso os pagava – não para perder o tempo olhando os duendes.

Por outro lado, é necessário haver nascido na região para conseguir que os nativos lhe contem alguma coisa. Nas suas pesquisas sobre as fadas, Yeats recebia com muita frequência respostas muito reservadas e inclusive bruscas. A poucos quilômetros do seu povoado, respondeu-lhe uma vez uma anciã a uma pergunta a respeito das fadas: *Elas se ocupam dos seus assuntos e eu com os meus!*

Apesar de tudo, tanto ele como outros investigadores reuniram, por sorte, suficiente material sobre as fadas da Irlanda como

para poder informar-nos amplamente. Alguns, que nas suas buscas do pequeno povo subiram o monte Ben Bulben, nunca de lá voltaram. O Monte-Mesa é o lugar de residência principal de um determinado grupo de fadas irlandesas, as Gentry (literalmente, algo assim como "baixa nobreza").

Evans Wentz, um dos pioneiros das investigações sobre as fadas, encontrou um informante que havia visto várias vezes alguns representantes da Gentry, cara a cara:

"*Foi em janeiro, um frio e seco, dia de inverno, quando um amigo e eu vimos pela primeira vez uma das Gentry enquanto dávamos um passeio pelo Ben Bulben. Sabia de quem se tratava, pois ouvira falar do povoado das fadas. Estava vestida com roupas azuis e trazia um guarda-sol decorado com pregas. Quando me aproximei mais dela, disse-me com voz doce e argentina: Quanto menos vier a esta montanha, melhor. Há uma jovem que muito lhe agradaria tê-la toda para ela". Depois não nos permitiu disparar nossas armas, porque às Gentry não lhes agrada que as molestem com ruídos. Quando já saíamos da montanha, manifestou-nos que não queria nos ver mais*".

A testemunha presencial descreveu-nos a representante das Gentry como uma aristocrática e bem maior do que as demais fadas da Irlanda. Possuem muitas competências, uma vista que pode penetrar a terra e além do mais sabem tocar uma música maravilhosa. Vivem nas montanhas, em magníficos castelos, e algumas também habitam outras zonas, pois lhes agradam viajar. Participam vivamente dos interesses das pessoas e sempre estão do lado da ordem e da justiça. De vez em quando raptam as pessoas, que, por uma ou outra razão, são do seu interesse. Quando alguém as acompanha e bebe ou come algo com elas, já não pode mais retornar ao seu estado normal.

Esse informante soube transmitir a Yeats muito material sobre as Gentry. Conforme constava, sua estatura varia. Um dia apareceu diante dele uma das suas representantes que tão somente media quatro pés e era bastante corpulenta. E dizia explicando-lhe:

Sou mais alta do que pareço ser. Nós podemos nos tornar velho ao jovem, alto ao baixo e baixo ao alto.

Essa testemunha presencial teve sorte da fada ser tão amável, pois poderia ter-lhe sido muito prejudicial atrever-se a passear pelo Bem Bulben. É um monte em forma de mesa, cujo escarpado lado sul, com uma maravilhosa vista tanto para terra como para o mar, está cheio de cavernas e grutas que penetram profundamente até o interior da Terra. Supõe-se que levem até o reino das Gentry, pois mais de uma pessoa desapareceu ali sem nunca mais voltar.

Ás vezes, nas narrativas irlandesas sobre duendes, costuma--se fazer comparação no aspecto paralelo e complementar de ambas as zonas (a das fadas e a humana). Algumas vezes, afirma-se que para os duendes poderem realizar certos atos ou praticar certas modalidades desportivas necessitam da presença dos humanos.

Uma vez, viu-se sobre um tapume o que a testemunha humana acreditou ser um coelho, ao acercar-se mais pensou que fosse um gato branco e quando se aproximou ainda mais, aquele ser começou a inchar-se, enquanto que o homem sentia diminuir sua força. Assim, a relação entre os seres, as colheitas, as árvores e as plantas de ambos os mundos, às vezes parece ser como a de vasos comunicantes.

As pessoas que os duendes preferem para trazê-los ao mundo são crianças, poetas, músicos e humanos muito admirados e queridos: gente que desperta e que sente emoções e sentimentos intensos, são os que especialmente atraem os duendes. Aqueles que são raptados viverão sempre felizes entre os duendes. Alguns raptados regressam, às vezes, para visitar alguém ou para avisar sobre algo, mas geralmente costumam-se passar mais de cem anos, ainda que para eles só hajam transcorrido alguns meses ou horas.

Yeats relata a história de um velho que na sua juventude havia tido um encontro com uma que se dizia ser a rainha entre os duendes, que lhe perguntara o que ele preferia, se dinheiro ou prazer. Ele escolheu o prazer e ela concedeu-lhe o seu amor por uma temporada e logo o deixou. Desde então o velho ficou entristecido para sempre.

Disse Yeats que o povo Gentil tem suas sendas e seus caminhos pelos quais circulam entre seus lugares. Algumas vezes, os duendes avisam das consequências nefastas de construir uma casa sobre uma das sendas. Outras vezes, seus efeitos aparecem sem avisar. Alguns dos seus informantes são testemunhas das suas manifestações artísticas, como um que confessa tê-los visto cantar e dançar uma canção chamada "a catarata distante". Quanto à sua atitude, costumam portar-se bem, se os humanos portam-se bem com eles. Mas não lhes agrada alguém que se interponha em seu caminho ou infrinja algumas das suas normas ou costumes. Suas reações são então radicalmente nefastas, envolvendo uma ampla gama de efeitos entre os quais se conta a loucura ou a morte. A respeito do seu número, não parece haver problema de desaparecimento, porque conforme os narradores, o ar está cheio deles e são tão numerosos como as areias do mar.

Sobre o aspecto da "outra gente" os narradores de Yeats informam-no extensamente. Alguns têm patas de fauno, como o filho do deus pagão, Pan, e por isso a Igreja considera-os demoníacos. Ao demonizar a todos os espíritos e deuses anteriores ao Cristianismo, sua beleza e sua fealdade, como tudo neles, são extremas e portentosas.

Podem ser do tamanho de um ser humano, maiores ou muito menores, conforme alguns, o tamanho com que se lhes vê, depende dos olhos de cada testemunha. Algumas de suas mulheres são descritas como de aspecto magnífico e majestoso e de beleza luminosa, sem que haja nada parecido entre os humanos. Além do que se relaciona à sua beleza e à sua fealdade, seu aspecto pode variar muito. Pode ser uma mulher vestida de branco, dando voltas em torno de um arbusto, que de repente se converte em um homem e logo outra vez em mulher para em seguida desaparecer. Ou pode mostrar-se como um ser com penas azuis no lugar dos cabelos, ou como gente vestida com colchetes coloridos ou com antigas túnicas gregas.

Podem apresentar fisionomias agradáveis e belas ou disformes como as de um animal. Podem ser igualmente homens com armadura, focas sibilantes ou podengos com língua de fogo. Um informante contou a Yeats que uma vez se encontrou com um homem que chegava aos seus joelhos e tinha a cabeça como o corpo de um homem. Manteve-o extraviado, dando-lhe voltas, até que se cansou e o deixou novamente no caminho para desaparecer em seguida.

Um pastor viu a chamada Dama Branca, que passou tão

perto dele que a vestimenta lhe roçou a pele. O pastor caiu e esteve como morto durante três dias.

Outra pessoa contou que em uma noite de tormenta refugiou-se em uma cabana com desconhecidos e ao levantar-se, no dia seguinte, encontrou-se no meio de um descampado e tudo havia desaparecido.

E outros lhe falaram das cortes do País Impreciso, onde em todas há uma rainha e um bufão (o mais sábio de todos) e ninguém se recupera do roçar de alguns deles, ainda que seja possível recuperar-se do roçar de qualquer outro de seus habitantes. Também contaram a ele sobre famílias humanas aparentadas com duendes por relações amorosas e descendência híbrida.

Uma história especialmente curiosa é a de um homem incrédulo que passou uma noite em uma casa com fama de encantada. Tirou as botas e aproximou-se do fogo para secar-se e aquecer-se, quando, de repente, viu que suas botas começavam a andar, como se alguém invisível as houvesse calçado. Saíram da habitação, subiram a escada e a desceram, voltaram a entrar na habitação e começaram a chutar o homem, pelo que acabaram tirando-o para fora da casa.

Outra é a de uma mulher que caiu sob o feitiço deles. Sendo menina, passou a ver como sua mãe, uma mulher duende que lhe anunciou que sua filha havia sido escolhida para casar-se com um príncipe do povo gentil. Ficaria muito ruim quando a mulher humana envelhecesse, enquanto seu marido continuasse sendo jovem? Seria concedida a ela uma existência igual a dos duendes? Para isso sua mãe tinha de enterrar um tronco da lareira aceso e enquanto o tronco não se apagasse, sua filha continuaria viva.

Sendo já uma jovem, a menina casou-se com o duende que a visitava todas as noites, e quando ele morreu com setecentos anos, outro príncipe do país impreciso casou-se com ela e logo outro e outro. Assim, até que teve sete maridos. Naquele momento, porém, o padre foi visitá-la para lhe dizer que era um escândalo sua

longa juventude e também seus sete maridos. Ela então, talvez cansada de uma existência tão longa, contou-lhe do tronco enterrado. O padre desenterrou-o, e ela morreu.

Na Irlanda, acredita-se que existam pontos especiais, autênticas portas que ligam este mundo com o dos duendes. Por exemplo, em certo lugar existe um pequeno quadrado branco em uma pedra calcária que as pessoas evitam sequer roçar, junto a qual jamais pasta qualquer animal. À noite, a rocha gira e se abre e saem as tropas do País Impreciso para percorrer a Terra. Outra porta está em um lago que uma vez quiseram secar. Os que tentaram viram de repente suas casas ardendo em chamas e voltaram correndo ao povoado para descobrirem que nada acontecera. Havia sido um encantamento dos duendes, pelo seu atrevimento. Desde então, se vê junto ao lago uma escavação interrompida. Ou como conta certa paragem costeira irlandesa, onde se conta que se alguém se deixar adormecer, despertará tonto, porque os duendes poderiam levar sua alma.

Em seu livro *Celtic Twilight* (Crepúsculo Celta), conta Yeats a seguinte experiência, por sua vez enigmática e fascinante: Uma vez estava ele com um amigo e uma jovem da família deste, a que se con-

siderava como vidente, passeando pela praia. Tagarelavam sobre o povoado esquecido (quer dizer, sobre as fadas) até que chegaram a uma caverna situada em meio a umas rochas, em que conforme se acreditava, deviam viver algumas fadas. Yeats perguntou à moça se podia ver algo, porque lhe agradaria fazer algumas perguntas a elas. A jovem ficou muito tranquila e caiu em uma espécie de transe. Yeats pronunciou o nome de algumas fadas famosas e pouco depois a jovem explicou que podia ouvir música, conversas, pisadas e risos em algum lugar muito profundo das rochas. Depois, viu como saía uma luz da caverna e como várias pessoas baixinhas, vestidas de diferentes cores, sobretudo de vermelho, bailavam ao som de uma música que ela não conhecia. Yeats pediu-lhe que perguntasse pela rainha das fadas, para que ele pudesse falar com ela, mas esta petição não obteve resposta. Em vista disso, o próprio Yeats repetiu seu desejo e exatamente nesse momento, a moça com dotes de vidente explicou que uma mulher, alta e bela, havia saído da caverna. Yeats descreve que ele mesmo caiu em algo assim como um transe e que teve visão de uma mulher de cabelos negros, enfeitada com jóias de ouro. O séquito da soberana caminhava em quatro grupos. Uns levavam ramos de freixo nas mãos, outros elos de

escamas de serpente no pescoço. Para que a profetisa pudesse entender as palavras da rainha, tinha que colocar-lhe as mãos no peito. Depois respondeu às perguntas de Yeats. Por exemplo, ele quis saber se era verdade que as fadas levavam pessoas ao seu reino. *Somente trocamos os corpos,* disse. Também quis saber se as fadas podem nascer mortais, ao que a rainha respondeu afirmativamente. Yeats perguntou se de verdade existiam, ou se eram unicamente um produto da nossa fantasia. *Não entendo a pergunta*, disse a vidente, *mas disse que a sua gente é muito parecida com os mortais e que a maioria faz o que fazem os humanos.* No final, a rainha das fadas parece que considerou que já eram muitas perguntas e escreveu na areia o seguinte: *Tenha cuidado e não procure saber demasiado sobre nós.* Quando Yeats percebeu que a havia ofendido, agradeceu e ela desapareceu na caverna. A jovem vidente também despertou do transe e ficou ao vento.

Islândia

Na Islândia existe um organismo estatal cuja competência é as fadas, os elfos e demais espíritos da natureza. Quem frequenta o país o sabe, e além do mais aparece em todos os guias de viagem. Aqueles que pedem informações nas agências de turismo islandesas poderão obter várias direções interessantes como a do comissariado dos elfos, a de uma escola de elfos, a de um museu dos elfos e quem decidir visitar o próprio comissariado em pessoa, Erla Stefansdóttir, sem dúvida receberá algum presente, ainda que seja somente um mapa das terras dos elfos.

A mencionada escola dos elfos não foi pensada para os próprios elfos, senão para os que se interessam por esses seres. O museu contém, entre outras curiosidades, o pênis de um elfo, que por azar é invisível para a maioria dos humanos, conforme afirma a revista *P.M.*

Uma pesquisa realizada em 1998 concluiu que 54,4% dos islandeses crê na existência dos elfos. E o restante, 45,6%, ainda que não estivesse seguro de crer neles, tampouco queria indispor-se com os habitantes invisíveis da sua terra, caso existissem. Certamente, na Islândia, no que se refere aos elfos, se quiser passar pela vida sem percalços, o melhor é ser prudente. Podendo-se dar uma volta, não é absolutamente necessário passar por uma rua, sabendo-se que ali vivem os elfos. E é aqui onde entra em jogo o comissariado dos elfos e seu mapa do mundo proibido que recolhe dados sobre as moradias e os caminhos dos distintos elfos e fadas, para que os que não os conhecem, evitem-nos.

Para evitar conflitos com o povo invisível, conta-se, em um dos muitos pontos da internet sobre o tema, que antes de iniciar-se uma construção, deve-se consultar a Stefansdóttir, quer se trate de uma obra oficial ou privada. Não é nada raro que uma rua já traçada após uma inspeção da autoridade tenha que ser novamente desenhada. É válido, sobretudo para ruas ou rodovias em que há frequência de acidentes em um determinado lugar, quer dizer, os chamados pontos negros.

Vladimar Hafstein desenvolveu uma investigação sobre o tema, entre 1995 e 1996. Explicou que, praticamente em todos os verãos, nos jornais, na televisão ou pelo rádio falava-se de incidentes estranhos. Quase sempre se trata de acidentes de carro com sonhos, à maneira de advertências ou de máquinas, carros, caminhões ou tratores que se avariam sem motivo e repetidamente, enquanto trabalham na construção de uma estrada ou de uma casa e outros acontecimentos deste tipo. Nesses casos, dizem que são lugares habitados pelos elfos que querem sabotar alguma construção que os moleste.

As reações a esses acidentes nem sempre são iguais, mas, com frequência, os responsáveis costumam acertar-se de alguma maneira com os elfos: algumas vezes chegam a um acordo com eles e lhes dão algum tempo para se mudarem; outras, não utilizam material explosivo, desenha-se novamente o percurso da estrada, para que rodeiem o local em que eles habitam, ou melhor, inclusive, abandona-se totalmente a construção naquele lugar.

Há casos mais que suficientes de pessoas que desdenharam das advertências que provinham do reino dos elfos que logo foram vítimas da sua vingança.

No início dos anos 70, do século passado, foi necessário abandonar uma pedra de grandes dimensões que dificultava uma construção. Ocorreram, então, os típicos acidentes e os atrasos, pelo que o responsável da obra recorreu finalmente a um médium que lhe confirmou que aquela pedra era habitada pelos elfos.

Pouco tempo depois, o homem informou que já tinha permissão dos elfos para continuar os trabalhos.

Tudo, porém, continuou indo mal e quando, enfim, uma escavadora levou adiante uma tubulação de água que arrebentou e acabou matando 70 mil trutas de uma psicultura das cercanias, já ninguém mais quis saber da retirada da tal pedra. Um dos que o tentaram no momento contava que desde então o perseguia a desgraça.

Algo semelhante também conta o experto em elfos, Wolfgang Müller, no seu livro *Die Elfe in Schlafsack* (O elfo no saco de dormir).

Em meio a um *parking*, no noroeste de Reykiavik havia um grande bloco de basalto em que vivia uma família de elfos. Fazia 50 anos que deveria ter sido removido este bloco quando se construiu o estacionamento. O *Alfhóllsvegur* (caminho da colina dos elfos) entre Reykiavik e Kopavogur rodeia uma colina que se supõe ser povoada por elfos. Primeiramente, fracassaram as tentativas de escavar a colina para abrir uma estrada de maneira que o tráfico pudesse circular com facilidade. Tampouco ninguém queria morar ali. Quando as autoridades urbanas tentaram vender os lotes, os potenciais compradores deixaram de se interessar, e a própria cidade aceitou, sem comentários. Aquele terreno nunca mais foi posto à venda e, desde então, a colina dos elfos tem permanentemente o nome de "o caminho da colina dos elfos".

Na cidade de Grundafjördur há uma pedra na rua principal, entre os números 82 e 86, na qual habitam os elfos. Mins Minasen dedicou um artigo sobre esse tema explicando que o ministério de obras públicas islandesas está obrigado a ter um cuidado especial e permanente com a população invisível de elfos e que ao se movimentar pela cidade ou pelo campo teria que fazê-lo com o mesmo cuidado como se caminhassem por uma pedreira.

A lava que rodeia a cidade de Hafnarfjördur também está coalhada de elfos e no mapa de Stefansdóttir sobre ela está acrescentado: *Tão logo como se descobrem os seres que vivem nos jardins das casas, a lava recobre vidas de um modo muito especial.* Prossegue o folheto oficial: [...] *desde sempre, acreditou-se que nesses riscos habitam elfos, anões e outros seres que vivem em perfeita harmonia com os homens.*

Muitas pessoas estão convencidas de terem visto uma mulher vestida de branco, com um cinturão de prata, que vive no castelo dos elfos em Hamarinn, situado na colina da rocha que domina a cidade.

A Sra. Stefandóttir, antiga professora de piano, dotada de faculdades paranormais, afirma ter avistado elfos e outros seres, talvez, trolls. Disse que as fadas são mais parecidas com os humanos e se vestem com roupas da cor rosada ou azul claro, são as que ela chama "fadas da luz" são parecidas com a ideia que temos dos elfos das flores.

Além desses seres, Stefansdóttir vê também as linhas de energia as que os chineses chamam de veias de dragão. Aparecem em diferentes cores e estendem-se por todo o espaço. As linhas azuis partem dos velhos caminhos das fadas que estão totalmente ocultos.

A princípio, todos nós podemos perceber tais linhas se, conforme disse Stefansdóttir, *tentarmos abrir a porta do nosso coração e contemplar a força vital universal, a consciência que está em todas as coisas.*

Muitas histórias islandesas de fadas citam uma neblina. Acredita-se que esse elemento agrade às fadas, e inclusive podem produzi-la para se ocultar a si próprias ou a seus povos ou para confundir os homens. Não é raro, em certas ocasiões, que se confundam com a própria neblina, que durante a noite sobe das pradarias.

Um islandês, chamado Kjartan, afirma que quando criança viu elfos saírem da sua casa. Vivia então em uma casa próxima de uma colina coberta de gramados. Um dia, enquanto brincava com um amigo, fora de casa, viu alguns homenzinhos que lhe chegavam à altura dos joelhos e que trajavam vestes da cor cinza que saíam da colina e dirigiam-se a um campo de lava. Levavam bolsas nas costas e nos ombros.

Kjartan contemplou-os surpreso durante um momento e voltou-se para seu amigo, em seguida, para adverti-lo da presença daqueles pequenos seres. Quando voltou de novo, os elfos já haviam desaparecido. Kjartan procurou na lava o lugar onde os havia visto, mas não pode localizá-los. Pouco depois se iniciaram obras na colina e Kjartan pensou que os elfos teriam sido pegos de surpresa, e justamente por esse motivo eles abandonaram suas casas levando com sigo todos os pertences.

Não apenas na Islândia, mas em qualquer outra parte do mundo, as crianças que habitam em ambientes rurais costumam ter esse tipo de vivência mais frequentemente do que podemos imaginar, ainda que, com naturalidade, os adultos não as levem muito em consideração.

Em outras latitudes

Charles W. Leadbeater dizia no já citado livreto, Os Espíritos da Natureza:

> *Na Índia, encontramos fadas de diversas espécies, desde as de cor rosada e verde pálido ou azul claro e amarelo esverdeado das montanhas, até algumas mescladas de belas cores, quase gritantes pela sua intensidade, habitando nas planícies. Em algumas partes desse maravilhoso país vi a variedade de negro e ouro que é mais comum nos desertos africanos e também outras cujos indivíduos parecem estatuetas de refulgente metal carmesim, semelhante ao latão dos atlantes.*

Desde que o famoso vidente e teósofo fizera essas observações, passaram-se cem anos. Curiosamente, todas as referências que localizei a respeito desses seres no território indiano foram feitas por ocidentais.

No norte do Paquistão, nas montanhas do vale superior do Indú, conforme o unânime convencimento dos seus habitantes da zona, as fadas vivem no mesmo cume das montanhas, quer dizer, onde a gente raras vezes chega e as mulheres nunca, porque está estritamente proibido.

As jovens, desde que alcançam a idade de menstruar até chegarem à menopausa, não tem permissão para pisar naquelas terras. Desse modo, se os caçadores ou os pastores encontrarem ali uma bela mulher ruiva, só pode tratar-se de uma fada. Ainda que nos últimos anos a crença nas fadas tenha decaído um pouco, de maneira alguma chegou a desaparecer.

No vale superior do Indú, as fadas desempenharam um papel importante, até há pouco tempo, no que se refere à caça. Os caçadores, antes de saírem para as montanhas, tinham o cuidado de pedir permissão às fadas para poder matar alguns dos seus animais. Todos os animais das regiões altas eram considerados possessões das fadas, uma crença que de forma muito semelhante existe também entre os habitantes dos Alpes. Se se concedia permissão, os caçadores eram obrigados a talhar em uma rocha a imagem de uma cabra montês ou de uma gazela, antes ou depois da caçada, para, dessa maneira, devolver de forma simbólica, o animal às fadas, ou para dar-lhe outra vez vida. Faziam-se também às fadas, oferendas de agradecimento, sobretudo, levavam-lhes roupas ou alimentos.

No Himalaia, os castelos das fadas são encontrados, conforme a crença geral, nos cumes mais altos das montanhas cobertas de neve, nas alturas onde somente se aventuram algumas cabras montanhesas, gamos, águias e às vezes pessoas que se atrevem a desafiar o destino. Um deles foi o alpinista Reinhold Messner, quem precisamente naqueles ápices, teve uma estranha experiência. Em uma noite, totalmente esgotado, quando estava montando a tenda, teve de repente a sensação de que uma moça se sentava ao seu lado. *Bem poderia ajudar-me a instalar a tenda*, pensou ele e esforçou-se em seguir pisando a neve.

Ela, não obstante, dedicou-se a só olhar tranqüilamente. Quando por fim a tenda estava montada, Messner deu-se conta de que ao seu redor havia crianças, homens e mulheres e começou, sem nenhuma finalidade concreta, a falar-lhes. Depois falou também da moça que havia sido a primeira a aparecer e ela assegurou-lhe que atingiria o cimo no dia seguinte e respondeu às suas objeções, confirmando-lhe que o tempo seria bom.

A jovem tinha uma voz tão bonita, recordava Messner depois, que nunca em sua vida a esqueceria. Às vezes podia quase tocá-la, mas quando olhava bem, não havia ninguém. Pensou, pois, que devia tratar-se de uma alucinação, mas pela experiência de muitos anos nas altas montanhas, sabia como se experimentam as alucinações, e aquela era diferente.

Messner estava convencido de que lá em cima, no Nanga Parbat, não estava só e que aqueles seres eram seus amigos.

Outro europeu que narrou um possível encontro com fadas, no norte da Índia, é Klaus Peter Zoller, cientista que esteve realizando trabalhos de campo durante vários anos na região de Bangan. Conta Zoller, que, em uma ocasião, viu junto com um dos seus acompanhantes nativos, na montanha sobre uma inclinação rochosa, várias adolescentes que lhes faziam sinais, chamando-os e saltando. Além do mais, não estavam vestidas como as demais nativas e seu comportamento era totalmente impróprio e atípico para as mulheres da área.

Os dois homens puseram-se de imediato, a caminho para o local onde estavam as jovens e ali chegaram ao final de alguns minutos. Então, porém, as moças haviam desaparecido e já não eram avistadas em parte alguma, apesar de que o terreno não oferecesse nenhum obstáculo à visão.

No povoado, ambos contaram sua experiência aos habitantes locais, que não conheciam jovem alguma que se ajustasse à descrição dada, disseram-lhes, com naturalidade, que devia tratar-se de fadas.

Os países árabes e os djins

A palavra djim costuma traduzir-se como gênio. Por exemplo, o ser que sai da lâmpada de Aladim, é um djim. Dizem que os djins são a terceira raça criada por Alá, o que é uma peculiaridade das mais interessantes do Islã frente aos outros dois grandes monoteísmos: o Judaísmo e o Cristianismo.

Os djins são uma espécie amoral, mas não necessariamente maligna, se bem que costumam ser brincalhões e enganadores, e isso quando se portam bem.

Estão presentes nos contos e nas lendas de toda área de influência islâmica, ainda que seja seguro que ao difundir-se a mensagem do Corão, impôs-se um mesmo nome a muitas manifestações e seres distintos existentes anteriormente. Assim, nos lugares onde o Mazdeísmo esteve antes do Islã, os djins são protagonistas de diversas práticas mágicas pouco comuns em outros lugares.

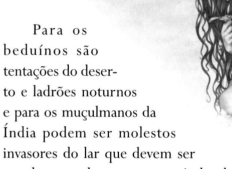

Para os beduínos são tentações do deserto e ladrões noturnos e para os muçulmanos da Índia podem ser molestos invasores do lar que devem ser expulsos usando-se certos versículos do Corão, numa cerimônia não muito distinta do exorcismo cristão. A prática diária muçulmana da oração contém referências aos djins, já que de acordo com a tradição, todos nós temos dois djins, um em cada ombro, que registram nossas ações (o direito, as boas e o esquerdo, as más), tendo o crente que saudar a cada um deles antes de inclinar-se em oração. Essa crença transmitiu-se para a Europa, por meio do Al-Andaluz, e ainda se reflete em certas manifestações da cultura popular ocidental.

Os djins possuem múltiplos atributos distintos, conforme as épocas e os lugares. Podem transformar-se em pequenos animais, atravessar paredes sólidas sem deixar de poder tocar o material e os seres vivos, deslocar-se com grandes velocidades, adotar a forma de seres humanos e suplantar familiares e conhecidos.

O estado normal de um djim é invisível aos homens, já que Alá lhes proporcionou muitas habilidades, mas dificultou dessa forma para que não pudéssemos relacionar-nos normalmente com eles. Conta a tradição que no final dos dias essa situação se inverterá e seremos nós, os humanos, quem poderemos vê-los.

É importante considerar que os djins não são somente um exemplo a mais do folclore, mas que estão presentes no dia a dia da maioria dos muçulmanos do planeta e na maior parte das ramificações do Islã.

Nas zonas islâmicas mais orientais (e mais zelosas em ocultar a mulher) é costume que o varão tome sua esposa tapando a cabeça dela com um véu ou com os próprios lençóis para impedir que os djins pousados em seus ombros vejam o que só ele, como esposo, está autorizado a contemplar. Inclusive, as leis atuais de alguns países islâmicos fazem referência a esses seres, por exemplo, se uma mulher que ficou grávida fora do matrimônio, puder demonstrar que foi seduzida por um djim, a pena se reduz sensivelmente.

Fadas, gnomos e outros seres misteriosos na Espanha

Ainda que sejam muito mais abundantes em certas regiões do que em outras, a Península Ibérica está povoada por uma multidão de duendes, fadas, gnomos e seres encantados em alguns casos muito similares aos da tradição céltica e noutros, de feitio mais mediterrâneo, semelhantes aos que encontramos na Grécia e na Itália.

O que segue é uma relação de fadas e duendes hispanos. Não me pareceu conveniente separá-los de alguns dos seus companheiros habituais, só porque a existência desses últimos, fora dos contos e das lendas, seja mais do que duvidosa.

Por ser Astúrias uma das regiões espanholas com maior tradição nesse campo, começaremos pelas fadas asturianas.

As Xanas

As Xanas, ou Xanes, são ninfas, ou fadas benéficas, vinculadas geralmente a cavernas, fontes e leitos dos rios. Têm um aspecto totalmente humano, algumas vezes são de pequena estatura e em outras ocasiões podem ter o tamanho de uma mulher normal, mas costumam possuir uma longuíssima cabeleira e uma extraordinária beleza.

Na área oriental de Astúrias, as Xanas eram as mulheres dos mouros, que os deixaram quando se foram e que se refugiaram nas cavernas. As Xanas costumam vir desnudas ou cobertas com véus transparentes, mas também podem trazer uma túnica branca ou prateada ou, inclusive, vestir o traje tradicional asturiano. Possuem uma voz cativante e às vezes lavam sua roupa ou seus cabelos nas fontes e nos rios.

Nas portas das cavernas fiam ou colocam suas bancas com pentes, adornos e tesouras de ouro, mas se ignora com que fim fazem isso – se é para vender, por mera ostentação dos tesouros que guardam ou para chamar a atenção das pessoas.

Curiosamente, também, considera-se que as Xanas são cristãs. Parece que as fizeram cristãs em algum momento da história, sem prejuízo de que, em alguns lugares do oriente asturiano, acredita-se serem mouras.

Dizem que tudo o que possuem as Xanas é de ouro, quer sejam galinhas, frangos, pentes ou rocas. Sua paixão favorita é fiar madeixas de ouro finíssimo ou dançar com suas companheiras formando uma roda e saltando alegres e contentes, enquanto cantam com sua dulcíssima voz.

As Xanas aparecem delimitadas em uma área geográfica que ocupa o centro e o oriente das Astúrias. É curioso como desaparece mais para o ocidente, sem deixar qualquer vestígio, não obstante, sejam encontradas em Leão, onde se chamam janas.

Os estudiosos associam-nas a uma antiga deidade feminina celta.

O Nuveiro

Os Nuveiros, ou Nuberus, parecem estar relacionados com os causadores de tormentas dos cultos animistas. O controle mágico das chuvas é algo muito antigo e se repete em todas as partes do mundo.

As características do Nuveiro podem combinar arbitrariamente traços maléficos com algo pouco maléfico como o agradecimento ou a prevenção de catástrofes.

Não obstante, em princípio o Nuveiro é mau e dedica-se a provocar desastres por todos os lados. Costuma andar pelas nuvens e vem sempre carregado de trovões, fazendo-as soltarem toda a água e o granizo que levam.

Na internet encontrei uma resenha acerca de um determinado Nuveiro local que tem nome e vive no Egito, onde é bem conhecido: chama-se Xuan Cabrito, é casado e tem mulher filhos e até um criado.

Os autores que mencionam o Nuveiro não se põem de acordo sobre o seu tamanho. Enquanto que para uns ele é um velhinho pequeno e disforme, para outros tem que ser de grande tamanho, pois, do contrário, não poderia carregar os trovões e fazê-los chocar-se. É feio de arrepiar e, talvez por isso, leva sempre um grande guarda-chuva de abas amplas e barbas descomunais.

Veste-se com peles e de vez em quando desce para a Terra para verificar o resultado das suas façanhas. Sai pelas manhãs trovejando, a fazer tormentas e volta à meia noite com alguns lagartos e cobras.

Costuma ser esquecido, mas se lhes escapam as nuvens, que o levam de um a outro lado, o Nuveiro tem que pedir asilo nas casas e cabanas que encontra.

Os vaqueiros dos pastos ocidentais da região chamam-no de Renuveiro, o escolar. A diferença dos Nuveiros de outras partes é que o Escolar só vive durante a primavera e o outono e, além disso, é todo chamuscado.

O Nuveiro tem uma particular aversão aos padres, já que eles fazem soar os sinos das igrejas. Entre o que não agrada ao Nuveiro estão: o tanger dos sinos, as pás de lidar no forno, os paus para manejar o fogo, as tochas com o fio para cima, as velas abençoadas; a fumaça do loureiro e do alecrim.

O Nuveiro, além do mais, associa-se às tormentas, aos trovões, aos relâmpagos, à neblina e à avalanche, se bem que essa última não costuma ser muito frequente.

Não se conhecem Nuveiras e, pelo contrário do que se passa com as Xanas, do Nuveiro há notícias praticamente em toda a região asturiana.

O Cólubre

Os Cólubres asturianos são serpentes aladas que vivem nas cavernas, na densidade das matas, nas fontes de grande cavidade subterrânea e nas torrentes próximas dos castelos, ainda que também se possam encontrar em prados, espinheiras e inclusive nos mosteiros. Sua distribuição na geografia corresponde a das Xanas, estando a parte ocidental das Astúrias praticamente vazia de Cólubres.

Sua origem é provavelmente celta. O certo é que se trata de uma mistura de dragão e serpente, e os dragões são abundantes em toda a Europa e em todas as épocas. É sabido o mal que os dragões fizeram passar aos primeiros evangelizadores da Irlanda e, pelas informações medievais escritas, sabemos da infinidade de dragões locais associados a cidades e vilas.

O emblemático dragão de São Jorge é um exemplo conhecido. É claro que os dragões deviam ser normais em toda a zona de influência da arte românica, pela quantidade deles que estão representados em campainhas, umbrais e capitéis.

Os Cólubres são magníficos guardiães e o que melhor guardam são tesouros. Fisicamente são horrorosos: sua pele recoberta de escamas está praticamente blindada, salvo debaixo das barbas e, ainda que vivam muitos anos, envelhecem como qualquer mortal. Suas escamas são duríssimas e só podem ser atingidos mortalmente se lhe ferirem a garganta ou fazendo-os engolir algo que não possam digerir.

Na mágica madrugada de São João, porém, o Cólubre cai em letargia e perde uma parcela do seu poder. É então quando podem ser resgatadas as suas prisioneiras (Ayalgas ou Atalaias) ou seus fantásticos tesouros.

A serpente sempre foi o animal místico por excelência, o guardião dos tesouros mais apreciados pelo homem. Para alguns, o que realmente o Cólubre guarda é o saber real e a tradição esotérica. Para outros, a esse ser foi encomendada a tarefa de guardar os mundos subterrâneos, onde habitam as raças ocultas aos olhos dos homens. Em determinadas ocasiões, as raças dos povos subterrâneos buscaram jovens humanas para convertê-las em gente sua, e então essas jovens passaram a fazer companhia ao Cólubre no seu repouso como guardião, dentro das grutas.

Tem ocorrido casos, em que elas, com seus doces e lastimosos cânticos, atraem pastores e viajantes que passam por suas cercanias. Atualmente não se entende bem esse procedimento, talvez, em tempos mais afastados, buscassem fazer contato seres humanos, ou talvez, esses caprichosos seres tenham outros motivos que não alcançamos entender na atualidade.

A questão é que os valentes que desejavam conseguir os tesouros ocultos no interior das cavernas deviam matar primeiro o Cólubre que habitava o seu interior. Às vezes eram ajudados pelas jovens, mas noutras oportunidades, deviam, sozinhos, enfrentar semelhante prova.

Quando os aventureiros penetravam pelo interior das grotas, o Cólubre detectava rapidamente sua presença na escuridão, pois nada pode evitar que a terrível fera desperte do seu letargo quando alguém se aproxima. A visão do animal faz empalidecer e muitos foram os que ao ficarem paralisados pelo terror e foram devorados pela besta infernal.

Outros, de ânimo mais contemplativo, tentaram cravar sua espada na língua ou debaixo das barbas do Cólubre, pois essa é a única maneira de acabar com seu poder.

O Trasgo

O Trasgo, ou diabrete, é um ser pequeno e travesso que anda sempre pela cozinha, pelos desvãos, pelas quadras e pelos currais. Algumas descrições físicas do Trasgo pintam-no com chifrinhos, rabo e certa claudicação; outras com pernas muito longas e delgadas, assim como os dedos das mãos, longuíssimos.

O Trasgo tem uma perfuração na mão esquerda. É de humor volúvel e se está de bom humor não só não há perigo de nada, mas também faz todos os trabalhos da casa, enquanto os donos da mesma dormem.

É ruim quando está de mau humor, ou quando a família da casa em que vive não o trata bem, então revolve a casa inteira, aporrinha o gado e não para de molestar.

Quando o Trasgo perturba muito a família com quem habita, às vezes decide mudar-se, mas bastaria contentá-lo que logo deixaria de molestar.

O Trasgo manifesta então um caráter peculiar: não é a casa que parece agradá-lo, senão a família que a habita e quando esta sai, ele também vai com ela, para o desespero de todos. Nesse sentido, os Trasgos não estão muito afastados dos personagens similares que se encontram na Escócia, na Alemanha, na Rússia, na França e em outros lugares. São todos pequenos duendes domésticos, semelhantes aos gnomos, vestidos com roupas andrajosas, sujos e peludos nas mãos e nos pés.

Os anglo-saxões não sabem como desembaraçar-se desses duendes, motivo que os obriga a frequentes mudanças. Dizem, porém, que "deve fazer-se a mudança depressa e sem muitas discussões prévias, do contrário eles ficarão sabendo e se introduzirão no caminhão da mudança".

Nas Astúrias, sim, sabem muito bem como desembaraçar-se de um Trasgo. Os métodos empregados são basicamente três:

a. Ordenar-lhe que traga um cântaro de água;
b. Fazê-lo apanhar do solo milho ou linhaça;
c. Pô-lo a clarear a pele de um carneiro negro.

Quer dizer, coisas impossíveis para um pobre trasgo.

O Fauno, o Busgoso

Metade humano, metade caprino (em algumas zonas inclusive se lhe vê com a aparência de batráquio), tem enormes chifres de cabra e olhos muito ardentes. Vive na espessura das matas e ataca, ou, melhor dizendo, assusta os caçadores e lenhadores, as moças etc. Ainda assim, seria injusto considerá-lo personagem exclusivamente danoso, já que tem muito em comum com o pacífico fauno da mitologia greco-romana. Não se deve confundi-lo com o Musgoso.

O Musgoso

Trata-se de uma figura humana masculina. Alto e sombrio, com ar de cansado, ele percorre os pastos, vestido com um colete de musgo, guarda-chuva de folhas e sapatos de pele de lobo, enquanto toca um som triste na sua flauta, para guiar os pastores perdidos.

Pelas noites silva do alto dos cumes quando um perigo se abre sobre eles. Compassivo e trabalhador infatigável, repara as choças dos vaqueiros que foram derrubadas pelo temporal. É tão real como o Busgoso.

O Arqueta

Trata-se de um ancião de longas cabeleiras ruivas e uma cruz verde na testa, rodeado de chaves e cadeados pintados.

Veste-se de branco e sempre traz consigo um arca de ouro e uma taleiga e ensina as pessoas para que não maltratem os caudais.

Nas suas viagens por toda região, distribui moedas resplandecentes entre os pobres que perderam sua fazenda, mas sempre com a condição de que as utilizem em recuperá-la, pois do contrário, castiga-os a pedir esmolas por toda a vida.

O Diabrete Burlão

O Diabrete Burlão é mais grosseiro e sem vergonha do que os Trasgos.

Os Diabretes andam geralmente pelos caminhos, prados e hortos. Têm algumas propriedades estranhas, como a de mudar de peso, tamanho e volume à vontade, produzindo, quando se apresenta com a forma de montaria, incontáveis sofrimentos àqueles que os montam, além de ser legendária sua habilidade para urinar em cima das pessoas.

Seus feitos são sempre noturnos e acabam em meio a grandes gargalhadas. Em algumas ocasiões, apresenta-se com aspecto humano, geralmente de criança indefesa, mas é mais comum que adote formas animais, sendo habitual, a de cabrito. Num concorrido baile que se fazia em uma casa, apresentou-se alto e belo moço e todas as jovens queriam dançar com ele, até que uma das moças viu a pata de cabrito e todas saíram correndo. Então ele se desvaneceu no ar, como se houvera sido um sonho ruim.

Outras vezes aparece como um suíno. Uma mulher pobre mãe de muitos filhos encontrou um porquinho sem dono e o levou para casa e o colocou no cercado e no dia seguinte, quando quis jogar-lhe as sobras de comida, o porquinho desapareceu.

O mais comum, porém, é que se mostre como burro.

O relato mais divulgado é o do aldeão que foi montar no seu burro, mas ele se negou a andar. Quando finalmente conseguiu que caminhasse, o burro se jogou num lamaçal. Tentando-se levantar sobre as patas, começou a rir às gargalhadas.

A verdade é que na íntima crença popular, ainda que fiquem os temores pela ação malévola do Diabrete, cada vez são menos os que se assustam com ele.

Os Anãozinhos Flautistas

São pequeninos seres solitários e misteriosos, não maiores do que um punho, que se escondem nas moitas e nas messes e passam as horas sibilando ou tocando sua flauta com centenas de notas diferentes.

Às vezes deixam-se ver pelos mortais, aconselhando-os sobre isso ou aquilo, mas se não obedecem aos seus conselhos, tornam-se vingativos, como certo anão de Igunha, reizinho do território, que envenenava as fontes ao entardecer.

O Sumiço

É muito semelhante ao Trasgo, mas com uma clara diferença: ser invisível fisicamente, mas que pode fazer desaparecerem as coisas e pode ser prejudicial para as pessoas. Assim, quando se precisava de uma tesoura e uma faca na casa, a mal humorada ama murmurava: "o Sumiço as levou".

O Sumiço, contudo, não se conforma em fazer desaparecerem as coisas, o que não deixaria de ser o lado mais ou menos enfadonho da sua atuação, sumindo também com pessoas, quase sempre crianças (sumir é sinônimo de desaparecer).

Ainda que o Sumiço seja mais perverso do que o Trasgo e se torne muito difícil desfazer-se dele, sempre há uma possibilidade, e neste caso se trata da oração de Santo Antônio, que, se vier acompanhada de uma dádiva, dá um resultado surpreendente, encontrando-se o perdido com rapidez, pois o santo bloqueia os perversos poderes do Sumiço.

Ao rezar a oração, porém, não se pode cometer nenhum erro, pois se isso acontecer o objeto não aparecerá nunca mais.

As Moças da Água

Encontramos muito pouco das Moças da Água por toda a península. Esses formosos e pequeninos seres habitam os mananciais e os remansos dos rios e se caracterizam por brilhar uma estrela sobre a testa, caminharem descalças, vestirem-se com capas de prata e saírem cada alvorada para estenderem as meadas de ouro que fiam à noite.

Contam as velhas lendas que se algum moço consegue colher um fio das meadas, as Moças puxam o fio, arrastando o moço aos seus palácios subterrâneos, cheios de riquezas, para casá-lo com uma delas.

As Anjanas

Na Cantábria, dá-se o nome de Anjanas a umas fadas extremamente bondosas e belas, verdadeiro protótipo do que deve ser uma fada boa, ainda que algumas vezes lhes agrade assumir o aspecto de anciãs, dedicando-se então a recorrer aos povoados para por à prova a caridade das pessoas. Aqueles que se comportam bem são premiados com presentes e dons, enquanto que os que foram mesquinhos são castigados com comichões espantosas que os obrigam a rasgarem-se continuamente. Um detalhe próprio das Anjanas é que levam sempre uma espécie de báculo, cajado ou bastão, com o que realizam todo tipo de prodígios.

Vivem no interior da Terra, mas costumam sair para o nosso mundo ao amanhecer para divertirem-se e ocuparem-se com diversos trabalhos benéficos, como: cuidar das árvores machucadas, especialmente os carvalhos, os asbestos e os castanheiros. Voltam ao seu mundo no meio da manhã e tornam outra vez ao cair da noite.

Dizem que quando alguém se perde nos montes, deve pedir ajuda às Anjanas e desse modo encontrará facilmente o caminho de saída.

Atalaias e Ayalgas

As Atalaias não são fadas propriamente ditas, mas mulheres encantadas que num bom dia foram levadas ao país das fadas.

São de natureza benévola e sua principal missão é custodiar os tesouros nos fabulosos castelos. Às vezes são vigiadas dia e noite pelos ferozes Cólubres.

Como prisioneiras, sua máxima aspiração é a liberdade. Cingem a fronte com violetas e nos dia de outono, nos bosques de carvalho, pode-se ouvir seu triste canto levado pelo vento.

As Lâmias

São encontradas no país Vasco, em Navarra e em outras zonas, especialmente do norte da Espanha, ainda que tenham aparecido notícias em lugares tão meridionais como Cáceres. Na Galícia são conhecidas como Lumias.

Aparecem já mencionadas num texto do século VI, escrito por São Martins de Dumio, fundador do mosteiro de Samos. Conforme o estudioso Jesus Callejo, costumam ser muito formosas, porém, por qualquer motivo, não lhes é permitido mostrarem-se em toda a sua beleza e por isso se vêem obrigadas a adotarem alguma característica animal, como patas de ganso, de cabra ou de galinha.

Seu cabelo é ruivo e sedoso, mas, dizem alguns, que ao chegar a noite tornam-se brancos ao mesmo tempo em que sua pele enruga-se, convertendo-se, deste modo, em anciãs.

No princípio eram seres subterrâneos, aos que se associavam às construções megalíticas, como dólmens e menires, mas posteriormente foram aparecendo cada vez mais nas cercanias dos arroios e das fontes.

Mari

É sem dúvida o mais importante entre os seres elementais e mitológicos. Supõe-se que inicialmente era uma Lâmia, ou, inclusive, uma deusa pré-romana que mudou de nome com a chegada do Cristianismo.

Em muitos lugares do país Vasco, a palavra Mari significa Senhora e vem seguida do nome da montanha ou da caverna onde costuma aparecer. Normalmente, surge como uma mulher elegantemente vestida e seu nome é sempre proferido com grande respeito.

Costuma apresentar-se de diferentes formas, algumas vezes sentada sobre um trono e outras em um carro que cruza os ares puxado por quatro cavalos. Também pode desprender chamas ou inclusive ter patas de animal, como as Lâmias.

Ainda que sua forma varie muito de um lugar a outro, Mari é, sem dúvida, a personificação de um ser de um elevado nível, com hierarquia sobre a natureza e também sobre os espaços aéreos.

Não suporta a mentira, o roubo, o orgulho ou a jactância, assim como o não cumprimento da palavra ou o não prestar ajuda aos demais, quando dela necessitam.

As Mouras

São, talvez, as fadas galegas mais conhecidas.

Vivem nos pequeno lagos, nos rios, nos castelos, nas minas, nos poços e cavernas, quase sempre debaixo da terra.

Seu aspecto é o de mulheres muito belas, no geral, com cabelos ruivos e longos, que penteiam constantemente.

Às vezes, costumam ser, também, guardiãs de tesouros e em outras muitas ocasiões, convertem em ouro qualquer coisa para presentear aos humanos que as tenha tratado de forma adequada.

"Gojes, encantats" e Dons da água

São antigas divindades menores femininas que encontramos por todas as matas, lagos, fontes, rios e remansos.

Em muitas ocasiões, somente o nome as diferencia das Xanas ou das Lâmias.

Costumam ser bondosas e belas e sempre estão muito elegantemente arrumadas com vestidos de uma riqueza surpreendente. Às vezes, apresentam uma refulgente estrela na fronte. Possuem luxuosos palácios de ouro e prata. São as personagens centrais de uma multidão de romances e lendas, baseados sempre nos seus encontros com algum ser humano, muitos deles ocorridos na noite de São João.

Dizem que existe submerso no lago de Bañolas um formoso palácio de cristal, onde habitam essas fadas, que durante alguns momentos, tornam-se visíveis em algumas noites de lua cheia.

A Dama Branca

Costuma aparecer nas noites de lua cheia e com vento. Vem vestida com uma túnica branca e traz uma luz na mão. É  um ser de mau agouro, e os camponeses recomendam tapar os olhos ou mudar de direção quando alguém suspeita que pode encontrar-se com ela.

Na realidade, tem mais a ver com o mundo dos defuntos e dos fantasmas do que com o das fadas e dos espíritos da natureza. É muito popular em algumas zonas da Mata Atlântica.

O Fôlego Vivo

A área dos Fôlegos abrange toda a zona oriental da península, incluindo ilhas e ilhotas.

São seres de tamanho reduzido que evidentemente pertencem ao elemento ar, pois se costuma associar a eles os redemoinhos e todo tipo de vendavais, produzindo um sibilo particular, muito parecido ao do vento.

Em geral, são simpáticos e laboriosos, mas também podem ser descarados e causar alguns prejuízos, pois lhes encanta mudar as coisas de lugar.

Antigamente, cada família tinha seu Fôlego Protetor que se ocupava em guardar a casa na ausência dos seus donos, dando voltas por ela durante toda a noite para assegurar-se de que tudo estava em ordem.

Se forem bem tratados e mantidos ocupados não costumam dar problemas, porém, se estão ociosos e de mau humor, podem dedicar-se a perseguir os pobres animais das granjas e até fazê-los rolar pelos barrancos.

As fadas muçulmanas

É frequente que nas lendas, a maioria procedente da época muçulmana, se confundam as fadas e as ninfas das águas com mulheres encantadas.

Uma curiosa lenda procedente daqueles tempos refere-se ao caso de um manancial próximo de Albaicin, cujas águas despejavam-se no rio Darro.

Aconteceu que a fada que habitava aquela gruta era caprichosa ao extremo e entretinha-se em trocar, de acordo com seu estado de ânimo, o sabor da água do manancial. Quando estava alegre e feliz as águas tinham um sabor doce e proporcionavam felicidade a todos que as bebiam. Não obstante, quando por algum motivo chorava, suas lágrimas, ao misturarem-se ás águas, tornavam-na totalmente amargas, fazendo que nenhum ser humano pudesse bebê-la.

• • •

Para terminar essa breve relação dos seres mágicos que povoam as terras, quero mencionar a experiência que o padre Francisco Palau viveu na ilhota de Es Vedrà, onde permaneceu recluso entre os anos de 1855 e 1866.

Francisco Palau nasceu em Aytona (Lérida) no ano de 1811 e foi ordenado sacerdote em 1836. Viveu 11 anos exilado na França e ao regressar à Espanha foi confinado por motivos políticos na ilha de Ibiza.

Fundou ali o convento das carmelitas, realizando vários retiros muito prolongados na ilhota de Es Vedrà. Durante os retiros, o Padre Palau experimentou diversas visões místicas, teve contatos com seres de outros níveis que mais tarde seriam relatados na sua autobiografia, intitulada, *Minhas conversas com a*

Igreja. Nela, conta como o levam a Es Vedrà num pequeno barco e depois de ascender a escarpada ladeira, encontrou uma gruta em que a água gotejava, o que o tranquilizou, pois, como ele mesmo disse: *"com apenas uma goteira, tenho o suficiente para meu consumo."* Dedicou-se o dia todo para a oração e a meditação. Na manhã do dia seguinte, o primeiro encontro já teve lugar, disse o Padre Palau:

> *Passaram-se o dia e a noite. O mar estava em paz, o ar muito suave, o céu coberto por algumas nuvens carregadas, a Lua em quarto crescente e com uma luz muito opaca. Vi vir frente a mim, de longe, uma sombra, enquanto se aproximava, distingui o que era. Vinha só e a figura representava uma menina de 16 anos, cândida, bela e amável.*
>
> *No momento em que chegou, abriram-se os céus e, à luz radiante do Sol, vi quem era a que tinha eu diante de mim. Vi a filha do Eterno Pai em toda sua beleza, quanto possível aos olhos mortais. Minha pena era não vê-la com a claridade que eu desejava, pois um véu cobria seu rosto, ainda que fosse muito transparente.*

Em noites sucessivas, o Padre Palau recebeu a visita daquela figura feminina (para ele, a Virgem). Descrevendo outra das suas visões, disse:

> Refletiu tanta luz e tanta claridade que pude ver seu belíssimo corpo. Vi sua cabeça coroada de glória, seus cabelos eram como fios de ouro puríssimo e cada um deles despendia luz, que formavam como uma coroa distribuindo luz por todas as partes par cima e ao redor e disse-me uma voz: 'Não olhes, porque é um mistério'.

Alguns investigadores sugeriram que aquilo que o Padre Palau viu na ilhota foi um contato com extraterrestres, enquanto outros sustentam que ele realmente experimentou uma aparição mariana, como sempre acreditou. Outros estão convencidos de que foi uma manifestação feminina telúrica e simbólica da mãe natureza.

Disse Jesus Callejo, cujos livros sobre os seres mágicos recomendam que também possa tratar-se de uma simples alucinação, ainda que para ele, o Padre Palau, fosse real e a consignou por escrito, merece que nos ocupemos dela.

Um mesmo fenômeno pode prestar-se a muitas interpretações, mas nesse caso, devido a suas características, tem muito a ver com as aparições de fadas e outros espíritos da natureza.

O Padre Palau abandonou a ilhota em 1866 e dedicou-se à pregação em distintos lugares da ilha. Conta em sua biografia, que desde então, sempre o acompanhou a bela senhora e que em seu nome conjurava os elementos para que não chovesse nem fizesse frio. Do mesmo modo como ocorreu no caso de Anne Jefferies, desde então começou a realizar curas milagrosas e inclusive foi objeto de várias denúncias por curar pessoas sem ser médico.

Morreu em Tarragona, em 1872, aos 61 anos de idade. Graças às curas e outros milagres bem documentados que realizou foi beatificado em 1988 pelo Papa João Paulo II.

Quanto à ilhota de Es Vedrà, na década de 60, chegou a ser um símbolo do movimento hippie e atualmente está desabitada, sendo de propriedade particular.

2ª Parte

**Teorias, mensagens
e elocubrações**

Dorothy Mac Lean e Findhorn

Depois de ter ficado sem trabalho e sem recursos econômicos, no ano de 1962 a família formada por Peter e Eileen Caddy, junto com seus três filhos e sua amiga Dorothy MacLean, teve que se retirar para viver num reboque estacionado em um parque de caravanas, na praia de Findhorn, um lugar pedregoso e inóspito ao norte da Escócia.

O tempo passava e toda a tentativa para encontrar um trabalho remunerado resultava infrutífero. Finalmente, o pequeno subsídio do desemprego esgotou-se também, abrindo-se assim, diante da família, um panorama sobrecarregado de dívidas.

Foi, então, que os espíritos da natureza começaram a comunicar-se com eles, especialmente por meio de Dorothy, dando-lhes instruções detalhadas sobre a forma de iniciar uma horta naquele mísero lugar, onde nem o desagradável clima, nem o solo pedregoso e pobre pareciam augurar qualquer coisa.

Então, seguindo os conselhos dos devas (essa palavra de origem sânscrita é a que Dorothy utilizou sempre para referir-

-se a esses seres) a respeito da maneira como deviam tratar as diferentes plantas e hortaliças que começaram a crescer de um modo espetacular, cultivou ervas e flores de dezenas de tipos distintos – as mais famosas, já legendárias, foram couves que chegaram a pesar 18 quilos.

As notícias correram de boca em boca e logo horticultores famosos transladaram-se para Findhorn, ficando assombrados perante os resultados que puderam ver. O que começou como sendo apenas uma modesta horta de um punhado de metros quadrados foi-se ampliando. Findhorn logo se tornou muito famoso. Grandes árvores cresceram num tempo recorde e hoje, quarenta anos depois, toda a área é um maravilhoso vergel, onde os humanos continuam harmoniosamente vivendo com os outros reinos da natureza, que é hoje, uma florescente comunidade espiritual. Por todo o mundo foram publicadas dezenas de livros relatando o milagre de Findhorn.

A seguir, transcrevo algumas comunicações recebidas dos espíritos da natureza ou devas, como os fundadores de Findhorn preferiam chamá-los. Instruções dadas a Dorothy por uma deva do reino vegetal sobre a forma adequada de preparar as hortaliças:

Nós nos encontramos antes. Cada vez que um ser humano dirige sua atenção ou sua emoção para uma planta, uma parte dessa pessoa se une a uma parte nossa e nossos mundos se conectam.

Por isso os seres humanos estão tão conectados a nós, mas até que não sejam conscientes dessa conexão, ela será como inexistente e permanecerá sem desenvolver-se. As plantas contribuem para alimentar o homem e fazem uma entrega total de si mesmas.

Esse fato também cria laços que são tangíveis. No passado esses laços estavam muito mais presentes do que agora. Uma forma de reforçar tais laços seria serem conscientes de vossos alimentos e desfrutá-los. Quando provais nosso sabor, nossa essência incorpora-se ao vosso ser com muito mais facilidade. Deste modo vos abris à nossa influência e deixais que esta se expanda em vós.

Como vemos, o deva identificou-se com a planta. Seria, portanto, o próprio espírito da planta o que falava. Outro deva disse a Eileen Caddy, também com relação aos alimentos:

> É muito importante que desfruteis do que estais comendo e que ao comer, não o façais por obrigação. Quando vos cansardes das saladas, um dia após outro, não vos esforçais em continuar fazendo-as, simplesmente porque os demais o façam, ou porque vos tenham dito que é o mais saudável. É importante que tenhais aprendido a desfrutar de qualquer coisa que tendes feito e antes de nada, da vossa alimentação.  Senão vos agrada a salada, vos importará muito mais comer um punhado de uvas passas, com nozes e amêndoas, ou qualquer outra coisa que realmente vos apeteça. A próxima vez que não estiverdes desfrutando do que estais comendo, detende-vos e tomai algo distinto. Tendes que mudar vossa atitude neste sentido.
>
> Isso declaro a todos vós. Não sejais como um rebanho de ovelhas.

Noutra ocasião, o deva falou a respeito do mesmo assunto:

> É bom que ao preparar as verduras esteja realmente consciente do que está fazendo, assim as radiações da luz penetrarão melhor nos seus alimentos. Quando tiver em suas

mãos uma batata, verá que é algo de uma grande beleza, algo que está vivo e que vibra. Quando preparar uma salada e sentir em suas mãos as diferentes verduras, deixe que sua mente pense em como chegaram, cada uma delas, ao seu estado atual.

Sinta como algumas delas tiveram que lutar para ir adiante, enquanto que para outras, o processo de chegar à maturidade, foi uma festa de liberdade e prazer. Os pensamentos e sentimentos desse tipo são importantes, pois ajudam para que a força da vida se incorpore melhor no seu organismo.

Sois o que pensais. Sede sempre consciente disso. Não crede que vosso corpo se converterá num corpo de luz, sem terdes nada a fazer a respeito. Vossa atitude ou a hora de alimentar-vos deve ser de alegria, de prazer e de agradecimento.

As seguintes palavras de um deva de uma árvore frutífera recordam-nos as alegres danças das fadas, tão mencionadas pelos que as viram:

A felicidade é muito importante. Esse é um segredo que se tornou desconhecido para o homem à medida que corre atrás dos seus desejos de posse e poder. Desejaríamos que cada ser humano nos escutasse e compreendesse que não vale a pena fazer nada, a menos que se faça com alegria e que em qualquer ação, os motivos que não sejam de amor e alegria deixam perder os resultados e que o fim não justifica os meios.

Nós sabemos e vemos essas coisas. Vós, no íntimo, também o sabeis. Podeis imaginar uma flor feita por dever ou por obrigação? Credes que depois adoçariam o coração dos que a observassem? Não, não haveria a aura adequada. Por isso nós bailamos com a vida, criando, à medida que nos movemos e esperamos que chegareis a unir-vos a nós.

Devas do pasto:

Compraz a nós que tanta vida de nós dependa. Somos generosos, felizes servidores e protetores, estabelecendo conexão com a vida que há em baixo e a vida que caminha sobre a terra, vida que se escorre e se oculta, porque somos bosques para a gente pequenina. Disseminamo-nos e crescemos e nos disseminamos novamente. Sem nós, seria este um mundo estéril, carente de interesse. Nossa abundância é generalizada, se bem atada a terra, arrastando-nos para cobrir cada greta. Sabemos o que devemos fazer e o fazemos uma e outra vez. Não sentimos ressentimentos contra aqueles que passam a vida cortando-nos com os dentes. Adiante seguimos alegremente, junto da terra, junto da chuva e do ar. Nesse maravilhoso mundo, estamos contentes de estar vivos, contentes de crescer, simplesmente contentes. Estamos aqui, desde antes do que pensais em nós, estamos sempre com nossas plantas. Afeiçoamo-nos a cada pequena que está ao nosso cuidado, porque nos agrada ver seu crescimento e sentimos o mais vivo prazer por fazer parte dele.

Nem o menor dos poros está fora de alinhamento. Talhamos e unimos os elementos e talhamos novamente, seguindo o exemplo do desenho único do planificador infinito. E que divertido é! Cada pequenino átomo mantém-se no seu padrão com alegria. Vemos que, vós, os seres humanos trabalhais de modo monótono, fazendo coisas sem entusiasmo, "porque há que fazê-las" e assombra-nos que a resplandecente vida que recebestes, possa ter sido tão desfigurada e tão despojada de substância. A vida é alegria e cada pequena mordida de uma lagarta numa folha é dada com mais entusiasmo do que o que percebemos nos humanos e uma lagarta não tem muita consciência.

Gostaríamos de sacudir-vos dessa apatia e ajudar-vos para que vísseis que vida é sempre brilhante, criativa, florescente, crescente e decrescente, eternamente una. Enquanto falo convosco estou promovendo pacificamente o crescimento na planta. Mantenho seu maravilhoso padrão em incontáveis lugares e ainda assim permaneço livre, absoluta e completamente livre porque sou a vida do Senhor. Remonto-me até o céu mais elevado, torno-me parte do coração de todos. Estou aqui, ali, em todas as partes e mantenho meu padrão à perfeição sem desviar-me. Resplandeço de vida.

Sou vida. Sou uno e sou muitos. Retiro-me com uma saudação, contente de haver estado convosco, contente por terdes apreciado aquilo que disse e ainda mais contente por voltar ao nosso mundo de luz. Pensai bem de nós. Pensai, com luz, em nós. No princípio, a maioria das mensagens continha instruções concretas sobre o modo de cultivar as plantas: se desejas um crescimento forte e natural das folhas, as plantas deverão estar mais separadas do que estão agora. Com esta separação, obterás folhas menores, algo mais ternas, mas com menos força vital. Eu prefiro vê-las desenvolver-se totalmente, mas és tu quem deves decidir.

Quando Dorothy ensinava a Peter esse tipo de mensagem, ele costumava fazer uma lista de perguntas, que posteriormente eram formuladas aos espíritos que supervisavam o crescimento das diferentes plantas, pois, no princípio, nenhum dos participantes tinha a mínima ideia de agricultura.

Outras vezes, as mensagens versavam sobre assuntos menos ligados ao próprio cultivo, como o seguinte, dado por um deva de uma planta de ervilhas:

Posso falar-te, humana. Estou inteiramente dedicada à minha obra que está planejada e modelada e que eu meramente

transformo em realidade, não obstante, tenhas chegado a minha consciência. Minha obra é fazer que os campos de força se manifestem, apesar dos obstáculos, que muito abundam neste mundo infestado pelo homem. O reino vegetal não guarda rancor por aquele que alimenta, mas o homem toma o que pode, como se fosse uma coisa natural, sem nada agradecer, o que nos faz estranhamente hostis. Nós avançamos sem desviar nunca do nosso curso por nenhum pensamento, sentimento ou ação momentâneos. Vós poderíeis fazer o mesmo. Os humanos parecem geralmente ignorar até onde vão ou porquê. Se o soubessem, poderiam ser alguns centros de poder enormes. Se avançaram em linha reta, como poderíamos cooperar com eles! Transmiti minha mensagem e despeço-me de ti.

Michael Roads

Nasceu nas cercanias de Cambridge, Inglaterra, mas aos 27 anos emigrou para a Tasmânia, onde, durante mais de uma década, dedicou-se à criação de gado vacum.

Nesse período, abandonou os métodos convencionais e adotou técnicas de pecuária orgânica. Esse fato operou nele uma mudança interior transcendental, que lhe permitiu ligar-se à natureza de forma renovadora. Assim, descobriu, numa bela ocasião, que possuía a capacidade de comunicar-se de maneira inteligente e articulada, com os espíritos das plantas, dos animais e inclusive das rochas e dos rios. No começo, sentiu-se perturbado por essa estranha faculdade, mas, finalmente, quando já não pode continuar negando por mais tempo suas experiências, permitiu que os espíritos da natureza o guiassem e o ajudassem a orientar sua vida.

Frequentemente, as inteligências que se comunicavam com Roads instavam-no a ser consciente da unidade que subjaz na criação como um todo e também falavam-lhe da profunda preocupação com o papel que o homem, na sua inconsciência, pode interferir no destino da Terra. Esses são alguns dos seus comunicados:

Tua presença é bem-vinda. Estás voltando a contatar-te com a consciência que se compara aos olhos que piscam ante o Sol. Ao contrário, porém, do que ocorre com os olhos, a consciência pode suportar a luz que cega, que se faz mais forte, se expande e se abre às vistas cada vez mais amplas. Caminhaste a miúdo, entre nós, cego diante das nossas sutilezas, surdo aos nossos sussurros da verdade. Volves agora com o nascimento da totalidade que alimenta teu coração. A ti damos as boas vindas como humano, como a humanidade.

A seguinte mensagem recebeu-a Michael, enquanto estava descansando sentado sobre um tronco, em meio a um bosque de gigantescas coníferas:

É bom que visites esses lugares. Sempre damos as boas vindas aos que passeiam por eles com amor no coração. É uma sábia medida que venhas a adaptar-te, a respeitar e a admirar.

O respeito e a reverência podem converter-se nas portas que abram passagem às realidades mais elevadas da natureza.

Apenas chamando essas portas com humildade, pode alcançar-se lentamente a harmonia. Aprende a conhecer teu ser e a compreender o que supõe ser humano, pois há muito que compreender. Do mesmo modo como cada árvore tem suas raízes que são suas predecessoras, cada época deste planeta tem sua própria raça. Podes, ainda que seja somente por um momento, dar-te conta de que a humanidade de hoje não é mais do que a predecessora de outra raça de homens?

Não obstante, isto há de ocorrer, quando as ruínas dessa civilização voltem a ressurgir noutra humanidade. Já ocorreu muitas vezes e se repetirá em outras ocasiões. Em cada época, a humanidade alcança um ponto máximo de poder. Até agora o homem elegeu sempre o poder da destruição. Assim, enquanto que uma árvore cresce devido à semente, o homem colhe a semente que semeou. Somente quando a humanidade tiver alcançado o seu mais alto grau de sabedoria este ciclo estará concluído.

Nesse momento surgirá outra nova ordem de prioridades. No nosso ciclo atual, o homem chegou uma vez mais a um ponto em que tem em seu poder a semente da destruição. Isso dará lugar ao princípio e ao fim, ao mesmo tempo. A consciência humana está mudando. Há cada vez mais pessoas que falam com os espíritos das árvores e de outras plantas. Tem sido difícil de aceitar para os homens atuais. Falais com vossos animais sem dificuldade e sentes empatia pelo reino animal, pois é o reino com o que o homem se identifica. Do ponto de vista humano, o reino das plantas é inferior ao homem, assim, não consegues dar-vos conta de que a humanidade é uma síntese dos reinos mineral, vegetal e animal. Vossa mente racional experimenta o reino vegetal, como se não tivesse nenhuma emoção nem inteligência consciente.

O fracasso na hora de experimentar e compreender uma verdade não muda essa verdade, apenas limita a vossa capacidade para relacionar-vos com a vida tal como é ela, em lugar de como vós a vedes. Enquanto desperta uma nova era, vossa raça, para sobreviver, descobrirá que a natureza percebida de fora do vosso ser não é mais do que um reflexo da vossa própria natureza interna. Muitas pessoas sentem já essa conexão com uma maior compreensão, inclusive como tu a experimentas agora. Junto ao aviso, tão freqüente, procedente das inteligências incorpóreas, de que acercamo-nos do final de uma era: 'das ruínas desta civilização voltará a surgir uma nova humanidade'; 'já ocorreu muitas vezes e se repetirá em muitas outras ocasiões'; 'as palavras destas mensagens no sentido de que a natureza percebida de fora do nosso ser, não é senão um reflexo da nossa natureza interna fazem vibrar em nós uma fibra muito sensível, trazendo-nos à mente as palavras de outros seres elevados: 'olhai que tudo quanto vedes fora de vós não é senão um reflexo dos vossos estados interiores.' 'Não vemos o mundo tal como é, vemos o mundo tal como somos', disse o Zohar: Se não pode ver-se, ouvir-se, tocar-se, cheirar-se ou degustar-se, o homem físico não percebe .

Os 5 sentidos do homem são as 4 paredes e o teto da vossa prisão. Descarta-os. O tato não capta formas sutis. Os olhos não percebem a realidade. Os ouvidos não ouvem a canção do universo. Não podes saborear os alimentos dos anjos, nem sentir o olor da fragrância de uma verdade superior. Alegra-nos que comeces a afrouxar as cadeias dessa limitação. Utiliza teus sentidos físicos, goza deles, mas nunca creias neles como realidade completa, nem por um momento. Teu coração sabe, experimenta.

Crê, crê, o que tu crês, é.
O que cremos, somos.

O ser da natureza está dizendo a Michael que o ser humano possui o poder de criar:

[...] está emergindo uma verdade maior para a humanidade. Haveis nascido para ser criadores. Deuses de poder esquecido. Vós vos sentis folhas caídas de uma árvore que pensais que não vos pertence, quando na realidade sois a totalidade da árvore. Tratais de desenvolver o que está desenvolvido. Tratais de descobrir o que está descoberto. Tentais dar forma no mundo material àquilo que já possuís. Quereis apoiar-vos em vossas ilusões, nas que podeis crer com mais facilidade. Assim desenvolveis vossa debilidade no lugar de vossa força.

Mas somos unos e meu amor te protege. Em seguida o deva parece querer consolá-lo: *Sê paciente com tua humanidade. Ser humano é um privilégio, uma honra. Fixa na consciência de que tu, um ser humano, não estás limitado às experiências corpóreas. Tu, como ser humano, podes experimentar o Universo, a totalidade, a unidade, mas essa possibilidade não negará uma identidade com o corpo humano.*

A consciência se expandirá e tudo entrará a fazer parte do teu ser. Tua identidade será o corpo da 'terra-homem', será a humanidade, em vez do corpo de 'um homem', de um ser humano. Agora continua. Desfruta do rio. Sou consciente do teu mal-estar. O tempo em que as grandes florestas enchiam muitos vales como este, não está separado deste tempo. Na dimensão com a qual o homem se relaciona, as florestas desapareceram e as que ficaram estão e perigo de extinção. É, porém, um momento de passagem. Esta é a realidade com a qual o homem está sintonizado, mas não a realidade como 'é'. Se a vida não proporcionasse a lei exata de causa e efeito para o vosso sentido de realidade, não poderíeis aprender nada. Aprender requer que experimenteis a polaridade da ação. A humanidade, porém, não esta confinada à realidade física. O homem pode dar-se conta da sua consciência superior e sondar zonas mais elevadas de verdade e realidade. Voa sobre os bosques e alimenta teu coração, pois os bosques são mais reais do que a ilusão que vos renega um duplo físico.

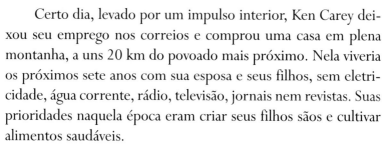

Ken Carey

Certo dia, levado por um impulso interior, Ken Carey deixou seu emprego nos correios e comprou uma casa em plena montanha, a uns 20 km do povoado mais próximo. Nela viveria os próximos sete anos com sua esposa e seus filhos, sem eletricidade, água corrente, rádio, televisão, jornais nem revistas. Suas prioridades naquela época eram criar seus filhos sãos e cultivar alimentos saudáveis.

A água era transportada de um manancial próximo e para aquecerem-se e cozinhar cortavam lenha. No verão, nadavam no rio e exploravam as grutas dos arredores. No inverno, de manhã, rompiam o gelo do bebedouro para que os animais tivessem água. Conforme suas próprias palavras, a vida transcorria em união com a terra, enraizando-se no solo e nos demais elementos e, dentro das suas possibilidades, com Deus.

E assim foi passando o tempo. A horta cresceu e as crianças tornaram-se maiores. Também todos eles, paulatinamente, começaram a ser mais conscientes das coisas. Foram-se tornando cada vez mais sensíveis aos suaves ritmos e ciclos que se sucedem sobre a terra e integraram-se ao rítmico transcorrer das estações. Ouviam o estalido dos galhos das árvores no fundo do riacho e o canto do cuco no crepúsculo.

Aprenderam a imitar o piado da coruja e o canto dos pássaros. De manhã cedo, enquanto faziam o desjejum, observavam da janela da sua cozinha os perus selvagens. Mantinham diariamente uma fileira suplementar de legumes para que os cervos pudessem comer e, como confessa Ken, não podiam evitar ouvir o que toda a natureza estava dizendo. E assim, num belo dia, começou a receber mensagens.

Com o tempo, cheguei a comparar meu corpo com um aparato de rádio, capaz de sintonizar diferentes frequências. Em algumas delas, descobri uma sabedoria prática e profunda, que podia ajudar-me a ser mais compassivo e enriquecer minhas relações com minha família, com a natureza e a sociedade. Também percebi frequências mais baixas. Nelas, encontrei seres que logo demonstraram um fato digno de menção nessa época de tanto interesse pelas coisas espirituais e ocultas: o fato de não se possuir corpo físico não implica na presença de uma inteligência superior.

Não obstante, descobri a existência de seres de um grupo totalmente distinto. Sua natureza é tal, que nossa terminologia comum só pode aludir a ela vagamente. São entidades de grande inteligência, que povoam as freqüências mais elevadas do que entendemos como luz e energia e vivem, respiram e recebem seu próprio ser da eterna presença dessa realidade a que chamamos Deus. São criaturas dignas de se conhecer. De fato, creio que nenhuma outra época necessitou tanto da inteligência que elas podem proporcionar-nos. Seus pensamentos, suas ideias e seus pontos de vista podem ajudar-nos a ver o mundo com mais claridade, num momento em que nossa geração faz malabarismos com os desafios que supõem a instabilidade econômica, as armas nucleares, a contaminação ambiental e incontáveis dificuldades sem resolver.

A comunicação com estes seres eternos pode contribuir para criar no ser humano um novo pensamento que em lugar de repetir as pautas que provocam problemas, nos ofereçam soluções. Observei do mesmo modo que outros que esses seres não são todos do mesmo tipo, senão que pertencem a numerosas tribos ou famílias e que cada grupo tem seus próprios objetivos e distintos campos de atividade. Alguns deles, por exemplo, não costumam interferir na Terra, nem na vida dos seus habitantes. Enquanto que outros estiveram intimamente vinculados a esse planeta desde sua origem, representando o papel de agentes e de supervisores do seu desenvolvimento orgânico.

Dentro dessa segunda categoria de seres associados com a vida biológica, há um grupo especial ocupado com educação humana. Ainda que essas entidades, em certas ocasiões, tomem forma humana, têm projetos de natureza geral e a longo prazo, sua meta imediata é liberar nossa espécie do que eles chamam de "o malefício da matéria". Durante o inverno de 1986-87 tive uma sucessão de encontros

especialmente significativos com seres desse tipo. Com poucas exceções, esses encontros tomaram a forma de diálogos, que gravei em fitas magnéticas que depois minha esposa transcreveria.

São as seguintes, algumas das mensagens recebidas por Ken Carey, desses seres que, com nosso limitado entender, poderíamos classificar como devas ou como espíritos da natureza de uma ordem muito elevada.

• • •

Durante três milhões e meio de anos, nós adaptamos e mantivemos com exatidão, a temperatura planetária mais adequada para o vosso desenvolvimento e evolução. Não deveis temer o fato de cooperar com o Criador e conosco. Estais em boas mãos, protegidos por nosso amor.

O medo que durante tanto tempo vos atenazou o coração, impediu-os de compreender nossa mensagem.

Contudo, agora estais preparados para recebê-la. Ajudá-lo-emos a sintonizar a freqüência do amor que curará o mundo enfermo e os atrairá para as estrelas. Escutai e senti em vossas palavras essa freqüência em que se revelam para sempre os desígnios do Eterno.

• • •

Somos os guardiões espirituais da Terra, vosso reflexo no amor perfeito. Somos a dimensão que vos falta para alcançar a plenitude. Acolhei-nos em vossa consciência e recordai. Conhecei-vos como o que sois: verdadeiros e completamente humanos.

O homem verdadeiro capta a voz do rio e lhe dá expressão, capta a voz do vento e lhe empresta as palavras que não pode pronunciar sem a língua humana, mistura-se com a essência da floresta, com os espíritos da chuva e de toda criatura viva de qualquer espécie animal, representa-os e extrai o melhor da sua natureza. Toda forma viva é energia em constante mudança que se manifesta na matéria e flui sempre para algo capaz de maior expressão, desenvolvimento e expressão do mundo espiritual.

O homem verdadeiro foi criado para contribuir para a evolução de todas as formas vivas e favorecer sua capacidade para revelar de modo mais perfeito a verdade que se encontra no coração de Deus. Por meio desse homem especial se expressa a essência de todos os seres criados, mas sua voz é a voz do espírito que diz:

"Eu apareço na terra, no mar, no ar, na luz das estrelas e no Sol. Apareço nas montanhas e na chuva que refresca o deserto. Sou a pedra e a estrela. Sou pássaro e peixe, mar e céu. Eternamente uno, desdobro-me, multiplico-me, refrato-me como um raio de luz através do prisma de múltiplas gotas de água, pérolas suspensas na mais alta esfera da Terra. Resplandecente, venho

comover a superfície do mundo material com um vibrante coro multicor de homens e mulheres luminosos, criados para dotar essa dança sagrada das formas atômicas, de ordem, beleza, graça e amor."

• • •

Agora, muitos nos conhecem. De modo crescente, nossa consciência filtra-se, um dia e outro, por meio de milhares de pensadores criativos. Nossas ideias e perspectivas borbulham sob a

superfície de dúzias de novas películas de centenas de novos livros e de milhares de artigos de jornais e de canções populares.

Atualmente, o gênero humano forma uma única comunidade que recebe e ouve uma nova informação que tem potencialmente grande relevância. A atual civilização do mundo baseia-se em algumas premissas tão errôneas como as de qualquer outra civilização anterior com respeito à separação entre Deus e o homem.

Não obstante aceleraram-se com grande dinamismo nossos ensinamentos para a raça humana e aumentou a inteligência humana até limites insuspeitáveis. O que há dois séculos só podíamos comunicar de forma fragmentada a alguns poucos indivíduos isolados, está agora a ponto de ser compreendido por centenas de milhares de pessoas. O que chamais matéria é a obra de arte em que nos temos esmerado durante 20 milhões de anos. Nós a esculpimos em forma de sistemas estelares, de galáxias e de um universo tão variado como o espectro do arco-íris.

Somos os filhos da luz. Fomos encarregados do labor de criar a realidade dimensional. Convertemos a música do fulgor das estrelas em ordem, estrutura e beleza. Nosso espírito manifesta os desígnios do Criador em toda a vida deste planeta, desde as florestas de sequóias aos micróbios, desde o passarinho da mais fina plumagem até a mais sólida baleia do oceano, mas, somente vós, humanos, podeis encarnar com vossa verdadeira essência a total realidade do que somos nós e o do que é o Criador.

• • •

Nosso trabalho criativo centralizou-se no biológico. Criamos frutas e verduras de formas e tamanhos diferentes: batatas, milho, vagens, amendoins, cidras, melões, abóboras, batatas, inhames. Criamos também novas formas de vida que interpretaram a luz e o som de outro modo: formosas aves, criaturas inteligentes com as quais nos comunicávamos como se, conosco, estivessem como convidadas na casa da nossa terra-mãe.

Tratávamos aos espíritos dos animais e das plantas como amigos, iguais a nós. De vez em quando, surgiam dificuldades e cometíamos erros, mas sempre encontrávamos o modo de recuperar a harmonia.

• • •

Nossa presença entre os bastidores ao longo da história passou inadvertida à visão humana porque as pessoas prescindem de visão e cedem sua percepção a outros. Recusam-se a aceitar realidades que não podem ser expressas facilmente com palavras. Crêem que se na sua língua materna não há palavras para designá-las, se ninguém fala delas, é porque não existem.

Essas pessoas, de fato, deixam que outras 'vejam' por elas. Renunciam ao seu poder e convertem-se em prisioneiras involuntárias de uma ficção popular centrada na linguagem, incapazes de advertir nossa presença.

• • •

Homens dominados pelo ego, se vosso organismo seguisse em seu funcionamento as mesmas pautas que determinam vossa conduta ficaria prejudicada qualquer associação cooperativa entre ribossomos, enzimas, mitocôndrias e outras formas de vida, que não poderiam produzir nem sequer uma célula e, menos ainda, um corpo íntegro e são. O corpo humano está formado por centenas de milhares de seres microscópicos que colaboram de modo voluntário. Não se trata da sobrevivência dos mais capacitados, como proclamam vossas crenças, que se baseiam na observação em curto prazo, senão do florescimento dos que mais cooperam, como confirma a observação em longo prazo do Universo.

Só mediante a cooperação recíproca adaptam-se e desenvolvem--se as diversas formas de vida. E somente mediante a cooperação simbólica de uma multidão de organismos mais simples, começa a existência de outros mais complexos, como vosso corpo. Nos estados críticos da sua evolução, as formas de vida cooperam, por seu próprio benefício, com outras distintas.

Com o tempo passam de cooperar a ficarem unidas, com o que surge um novo organismo. Na criação das formas de vida complexas repete-se, uma ou outra vez, o mesmo procedimento. Analogamente, isso voltará a ocorrer no momento em que o mundo atingir uma fase adequada. Vossa raça está a ponto de experimentar um despertar generalizado. Viemos para ajudar-vos a passar do mundo inconsciente da biologia a uma biologia consciente que crê em nós. Com nossa presença, pretendemos que essa época de grandes mudanças resulte mais aprazível possível. Nosso propósito é trabalhar em colaboração com vossa espécie, levá-los à harmonia com o criador e com a Terra, ajudar a criar um mundo que se ocupe de todos, um mundo que permita um ótimo desenvolvimento da capacidade criativa. Já existem muitos seres que unem a nós. Sempre que vemos um coração desejoso de honrar os espíritos do amor acudimos a ele.

• • •

A razão é um instrumento valioso. Contudo, a mente foi criada para servir o espírito humano, não para eclipsá-lo. O espírito, em harmonia com as energias criativas que vibram abaixo da superfície da terra, determina o comportamento de modo muito mais rápido e efetivo do que o ego com o seu lento raciocínio linear. Observai o rico e assombroso mundo que vos rodeia prescindindo desse raciocínio e superando vossa individualidade.

Senti tuas impressões que mudam como um caleidoscópio que a girar lentamente, desloca e dispõe de outro modo, cores tonalidades, formas e vibrações, que de maneira incessante, precipitam-se umas sobre as outras. A todo o momento tendes ao vosso redor a informação requerida. Sempre vos rodeia a verdade do que é a energia invisível do vento que lhes faz sinais.

Os espíritos que tomam forma na Terra entram pela primeira vez no plano material, nos sutis níveis do ser que precedem o vento. Na sua maioria, tomam posse do vento solar e vivem somente durante um dia, uma hora ou um minuto. Formam-se ao seu redor, na parte alta da atmosfera: são egos de cristal, de gelo, que se derretem antes de tocarem a terra. Não obstante, alguns aprendem a viver durante mais tempo. Alguns conseguem encarnar-se em plumas e cabelo. As criaturas encarnadas em forma biológica: em plumas, folhas ou carne, formam-se graças à rede de energia que rodeia a Terra, onde a atmosfera entra em fusão com a luz da estrela mais próxima.

Essa rede de energia é a imagem perfeita de um filho implícito na ordem do Universo, o filho em que começa a despertar o espírito do Eterno. É o ser de Deus que atrai a biosfera até um único corpo vivente. Na natureza tudo lateja com o sentimento desse ser: as ondas do oceano, as colinas, as montanhas. Cada partícula de matéria contém a informação global de

todo o criado, que brilha em todas as coisas. Sabíamos que um dia vossa própria inteligência vos levaria a buscar-nos de novo e mantivemos as condições que favoreciam essa possibilidade em gérmen.

Cuidamos da Terra e a destinamos aos nossos espíritos mais luminosos. Nessa área, nossa paciência se vê recompensada. Por fim, alguns de vós alçais os olhos e vêem mais adiante das míopes interpretações do ego. Agora nos percebeis e nos comunicamos convosco. Tentamos expressar-nos com as palavras da vossa linguagem, não obstante, é como se falássemos por sinais, mediante a sombra das nossas mãos, projetada na parede de uma caverna, iluminada pelo vacilante fogo do vosso interesse.

Essas palavras impressas nas páginas de um livro não passam de um tosco e primitivo simbolismo, mas constituem um início. Porque, quando compreenderdes a realidade que se oculta após nossas palavras e seguirdes a direção do nosso pensamento, produzir-se-á uma transformação em vossa vida: abandonareis a enganosa caverna da história para entrar no jardim iluminado pelo Sol que sempre foi o vosso lar verdadeiro.

• • •

Vosso ser e o ser de Deus são unos. Observando o mundo que vos rodeia, percebendo a informação diária das delicadas energias que precedem o vento, notais as estações. Com cada fibra do vosso ser, sentis as variações climáticas. Sentis os espíritos das estrelas e sois conscientes de que o velho mundo está passando.

Podeis ver os Filhos da Luz que saem dançando da terra e que percebem claramente o mundo da realidade. Seu corpo é uma réplica de si mesmo. Sua mente é luz. Pertencem à nova consciência, são nossas chamas que se elevam por meio dos reluzentes lagos do entendimento. A consciência surge no fundo do vosso coração, vem das estrelas, começando a objetivação de uma presença longamente esperada neste mundo. O mundo vive em vosso interior e suas criaturas são os órgãos do vosso corpo, são parte de vós, são vós. Sois o órgão de consciência deste mundo e estais despertando. Vosso ser e o ser de Deus são uno.

A Unidade da Vida

Certamente o nível dos seres que se comunicam com Dorothy MacLean, com Ken Carey e com Michael Roads parece tão distinto dos gnomos travessos, que se entretém escondendo coisas e dosa elfos iracundos e vingativos, como um mosquito ou uma mosca diferem do ser humano.

Como explica Leadbeater no seu texto sobre os espíritos da natureza, a gradação na inteligência e a consciência desses seres é tão variada, ou mais, do que a que se dá entre as distintas criaturas que povoam o mundo físico.

Por isso, Dorothy prefere denominar seus contatos com o nome genérico de devas, pois essa palavra tanto serve para designar os espíritos da natureza que tem trabalhos encomendados de um nível muito elevado, como para os miríades de espíritos mais humildes que estão sob suas ordens e que se fanam, prazerosos cumprindo seu compromisso nos diferentes níveis de hierarquia e de responsabilidade.

Os seres dos quais emanaram esses comunicados recebidos por Dorothy, Ken e Michael mostram uma responsabilidade e uma associação muito clara com o funcionamento e as estruturas da natureza, mas também preocupa-lhes a evolução do homem e do planeta em sua totalidade, sendo muito conscientes da Unidade de tudo quanto existe e tentam ajudar para que essa consciência se implante no homem.

Em geral, amam e respeitam o ser humano, pois ao achar-se numa posição distinta da nossa, com respeito ao transcorrer do tempo, são conscientes do brilhante futuro a que o homem está destinado, mas, ao mesmo tempo, preocupa-os nossa irresponsabilidade e nossa atual cegueira.

Junto à constante mensagem e de que tanto o reino vegetal como tudo quanto existe na natureza está vivo e possui algum tipo de consciência, os devas insistem uma e outra vez na importância de que sejamos conscientes da Unidade de toda Vida e inclusive de tudo quanto existe.

Os espíritos das plantas explicaram a Dorothy MacLean que nossa verdadeira conexão reside em que todos procederam de uma Fonte comum e num certo nível, somos essa Fonte, ainda que usualmente tenhamos a sensação de estarmos separados dela.

Por que o homem empenha-se em vagar em seus próprios e pequenos mundos isolados, como se fosse a única inteligência, quando tudo ao seu redor são mundos estalando de consciência e plenos de conhecimento?

Imersos em nossa sensação de estarmos separados fazemos coisas terríveis. Nosso apego à realidade física, nosso entendimento tridimensional, nossas faculdades para classificar, medir e separar são ilusórias, consideradas desde o nível em que tudo funciona como manifestação de uma só vida.

O espírito de um cravo disse a Dorothy numa ocasião:

Todos possuímos liberdade para entrar e sair sem impedimentos na existência de uns e de outros. Não vedes que o propósito da vida é manifes-tar-se totalmente nos níveis exteriores e ao mesmo tempo estar absolutamente unidos e conscientes da unidade? A realidade é isso. Uma só vida respira através de tudo. Reverenciai a vida toda, pois é parte de vós e vós sois parte dela.

E estas são a palavras de outro deva, no mesmo sentido:

[...] sois filhos dos elementos, estais formados por eles e sois parte deles. O mundo e vossos corpos foram feitos para que encontrásseis e expressásseis a alegria e o gozo do criador em todas as suas manifestações. O homem está destruindo-se a si mesmo porque pensa que está separado de tudo o mais. Como podeis pensar que estais separados? Como é possível que ignoreis que quando sopra o vento, é parte de vós? Que o Sol é parte de vós em cada um dos seus raios? Como podeis ignorar que procedeis da água e que a água os une a todos? Que sem o ar que respirais não poderíeis viver? Como podeis ser tão fechados para não dar-vos conta de que quando um sofre, a consciência inteira da Terra participa disso e quando alguém se alegra, a consciência inteira o sabe e se regozija? Os corpos de todos vós são uno com tudo o que vos rodeia e não podeis abusar da terra sem prejudicar-vos a vós mesmos.

Estas palavras cheias de sabedoria trazem a nosso espírito um texto de há dois mil anos. Trata-se do Evangelho dos Essênios, também conhecido como o Evangelho Essênio da Paz. É um escrito em aramaico que foi descoberto em 1923 por Edmond Bordeaux Szekely nos arquivos do Vaticano.

A semelhança da sua mensagem com as palavras dos espíritos da natureza é impressionante. Assim falava o mestre Jesus, conforme consta no Evangelho dos Essênios:

> *O sangue que em nós corre, nasceu do sangue da mãe terrena. Seu sangue cai das nuvens, brota no seio da terra, murmura nos riachos das montanhas, largamente flui nos rios das planícies, dorme nos lagos e se enfurece poderosamente nos mares tempestuosos.*
>
> *O ar que respiramos nasceu do alento da nossa mãe terrena. Sua respiração é azul celeste nas alturas dos céus, sibila nos cimos das montanhas, sussurra entre as folhas do bosque, ondula sobre os trigais, dormita nos vales profundos e abraça o deserto.*
>
> *A dureza dos nossos ossos nasceu dos ossos da nossa mãe terrena, das rochas e das pedras. Elas se erguem despidas para os céus no alto das montanhas, são como gigantes que jazem adormecidos nas encostas, como ídolos levantados no deserto, e estão ocultos nas profundidades da Terra.*

A delicadeza da nossa carne nasceu da carne da nossa mãe terrena. Carne que amadurece amarela e vermelha nas frutas das árvores e nos alimenta nos sulcos dos campos. Nossos intestinos nasceram dos intestinos da nossa mãe terrena e estão ocultos de nossos olhos nas profundezas invisíveis da terra.

A luz dos nossos olhos e o ouvir dos nossos ouvidos nascem ambos das cores e dos sentidos de nossa mãe terrena que nos envolve como as ondas do mar, o peixe e como o ar redemoinha o ar.

Continua o evangelho dos Essênios:

Em verdade vos digo que o homem é filho da mãe terrena e dela recebeu seu corpo, do mesmo modo que o corpo recém-nascido nasce do seio da sua mãe. Em verdade vos digo que sois unos com a mãe terrena, ela está em vós e vós estais nela. Dela nascestes nela viveis e a ela de novo retornareis. Guardai, portanto, Suas leis, pois ninguém pode viver muito nem ser feliz, senão aquele que honra sua mãe terrena e cumpre Suas leis. Pois vossa respiração é Sua respiração; vosso sangue Seu sangue; vossos ossos Seus ossos; vossa carne Sua carne; vossos intestinos Seus intestinos; vossos olhos e vossos ouvidos são Seus olhos e Seus ouvidos.

Como se soubesse dessa incursão num texto de outra época, o deva prossegue dizendo a Dorothy:

> Certamente esta não é uma mensagem nova, mas a humanidade não parece dar-se conta de que a Unidade não está confinada aos níveis elevados em que o homem colocou Deus, senão que existe aqui mesmo e agora. Perturbar os padrões da terra e a inter-relação da vida natural é interferir com os processos do Uno e arruinar as perspectivas do futuro da humanidade. É necessário que o homem reconheça essa Unidade. Não podemos expressar com suficiente firmeza quanto urge essa necessidade. Assombrai-vos diante da violência dos elementos? Se o homem não acolhe esta mensagem e age em conseqüência, logo serão mais violentos. Amai a totalidade da vida, pois sois uno com ela. Não vos esqueceis de que tudo é parte do Criador e também parte vossa.

Continua dizendo Dorothy:

Os vedas ao compartilharem comigo veementes e impressionantes mensagens sobre o tema da unidade da vida, convenceram-me da verdade deste conceito; mas foram seus atos que os fizeram real. Vi que eles agiam a partir da consciência da totalidade. Tive consciência, pela primeira vez, desse comportamento quando um deva disse 'eu' e depois 'nós'; quer dizer, às vezes falava como um indivíduo e outras vezes como um grupo. Havia uma falta de ego ou de consciência de si que permitia a um deva ser ele mesmo, ou ser o todo, ou ser nada, com a mesma facilidade. Não lhe interessava muito quem estava em cena, contanto que expressasse o que devia ser expresso. Gradualmente, compreendi que nós, os humanos, podíamos fazer o mesmo, atuando desde a unidade, da unidade que surge de um sentido de responsabilidade pelo todo. As seguintes ideias, transmitidas pelo espírito da sálvia não podem ser mais claras. À medida que os ides tornando conscientes dos mundos de energia que subjazem depois das formas e os sintonizeis com eles, à medida em que aprendeis a dominar os padrões de energia, criados por vossos próprios pensamentos e sentimentos, podereis controlar tudo. Entretanto, enquanto mantiverdes os sentimento de separação, enquanto pensardes que algo de vossa vida está fora de

vós e podeis culpar outros pelo que vos acontece, permanecereis na ignorância. Estareis fora da realidade da unidade e nossos mundos de energia estarão mais além da vossa compreensão. Quando aceitardes a unidade da vida, toda a vida será vossa e vós sereis toda a vida.

Fadas e espíritos das árvores e das plantas

Os dinamarqueses acreditavam que alguns sabugueiros recobravam vida à noite e olhavam pelos cristais das janelas das casas para ver se havia alguém.

Também se diz que as fadas vivem debaixo de um sabugueiro. Até há muito pouco tempo, na Alemanha rural, todas as casas tinham seu sabugueiro plantado. Se fosse absolutamente necessário cortá-lo, era preciso ajoelhar-se, tirar o chapéu, caso o estivesse usando, e dizer o seguinte: "Senhor, dai-me algo da tua madeira que eu te darei e eu te darei também algo da minha quando crescer no bosque.". Fórmula muito semelhante a que utilizam os xamãs do México quando tomam algo de alguma planta: pedem-lhe permissão e asseguram-lhe que um dia seu corpo servirá de alimento a elas, ficando assim o ciclo fechado.

O seguinte texto de Carlos Castanheda além de divertido também é instrutivo:

— Vou falar aqui com uma amiga — disse Don Juan, apontando para uma plantinha. Ajoelhou-se diante dela e começou a acariciá-la e a falar-lhe.

De início, não entendi o que dizia, mas logo mudou de idioma e falou à planta em espanhol. Tagarelou tolices durante um momento.

Logo se assumiu:

— Não importa o que digas a uma planta — disse. Ou mesmo que inventes as palavras, o importante é sentir que te cai bem e tratá-la como a uma pessoa igual.

Explicou que alguém que corta plantas deve desculpar-se cada vez por fazê-lo. E assegurar-lhes de que um dia, seu próprio corpo servirá a elas de alimento.

— Pelo que, no final das contas, as plantas e nós somos bem parecidos — disse.

— Nem ela nem nós temos mais ou menos importância. Anda, fale à planta, instou comigo. Diga-lhe que já não te sentes importante.

Cheguei, inclusive ajoelhar-me diante da planta, mas não consegui falar-lhe. Senti-me ridículo e ri. Porém, não estava aborrecido. Don Juan me aprovou com tapinhas nas costas, dizendo que estava bem e que pelo menos havia dominado meu temperamento.

— De agora em diante fale com as plantas — disse. Fala até que percas todo teu sentido de importância. Fale com elas até que possas fazê-lo diante dos demais. Veja essas colinas daqui e pratique sozinho.

Perguntei-lhe se bastava falar às plantas em silêncio. Mentalmente. Riu e com um dedo deu-me um tapinha na cabeça.

— Não. Deves falar-lhes em voz clara e forte se quiseres que te respondam.

Caminhei até o local em questão, rindo-me por dentro, das suas excentricidades. Inclusive tratei de falar com as plantas, mas meu sentimento de estar sendo ridículo era avassalador.

Depois do que considerei uma espera adequada, voltei para onde estava Don Juan. Tive a certeza de que ele sabia que eu não havia falado com as plantas. Não me olhou. Fez-me sinal para sentar-me junto dele.

— Observe-me com cuidado — disse-me. Vou conversar com minha amiguinha. Ajoelhou-se diante de uma planta pequena e durante alguns minutos moveu e contorceu o corpo, falando e rindo. Pensei que estava fora do juízo. Esta plantinha falou-me que te dissera que era boa para comer — falou ao pôr-se em pé. Disse-me que um maço destas plantinhas mantém um homem são. Também disse que há um montão crescendo aí.

Don Juan apontou para uma área sobre as encostas, a uns 200 metros de distância.

— Vamos ver — disse.

Ri da sua atuação. Estava seguro de que encontraríamos as plantas, pois ele era um experto no terreno e sabia onde encontrar as plantas comestíveis e medicinais.

Fadas e espíritos das árvores e das plantas | 157

Enquanto íamos para a zona em questão, disse-me como por acaso que devia fixar-me na planta, porque era alimento e também medicina. Perguntei-lhe, meio por brincadeira, se a planta acabara de dizer-lhe isto. Detivera-se e me olhou com ar incrédulo. Meneou a cabeça de lado a lado.

—Ah! — exclamou rindo. Passas por esperto e resultas mais tonto do que pensei. Como pode a planta dizer-me agora o que soube durante toda a minha vida?

Passou a explicar que conhecia desde muito tempo as diversas propriedades dessa planta específica e que a planta apenas lhe havia dito que um montão delas crescia na área recém indicada por ele; e que ela não se incomodava que Don Juan lhe contasse.

Ao chegar ao declive, encontrei as mesmas plantas em cacho. Quis rir, mas Don Juan não me deu tempo. Queria que eu dissesse as graças ao monte de plantas. Senti uma timidez torturante e não consegui fazer isso.

Ele sorriu com benevolência e fez outra das suas asseverações críticas. Repetiu-me 3 ou 4 vezes, como para dar-me tempo de decifrar seu sentido.

— O mundo que nos rodeia é um mistério — disse. E os homens não são melhores do que nenhuma outra coisa. Se uma planta é generosa conosco, devemos agradecer-lhe, ou talvez não nos deixe ir.

A forma como me olhou ao dizer isso, produziu-me um calafrio. Apressadamente me inclinei sobre as plantas e agradeci em voz alta.

Certamente o mundo que nos rodeia é um mistério. Ainda nessa passagem, Don Juan não menciona as fadas, mas está claro de que a quem fala, não é o ser físico da planta, mas ao espírito que a anima.

Nesse caso, trata-se de um espírito tão poderoso que inclusive poderia agarrar a quem não seguisse as normas ou não se comportasse devidamente.

Em tempos passados, os lenhadores inclusive pediam sua compreensão a todas as árvores, de qualquer tipo que fossem antes de derrubá-las e gravavam três cruzes no tronco antes que a copa caísse ao solo.

Mas ainda deve-se tratar com cuidado a todas as árvores. Existem algumas que as quais conviriam extremar as precauções já que se supõe que sejam as preferidas das fadas. Entre elas, por exemplo, está o sabugueiro. Não é permitido produzir nada da sua madeira e, lógico, nem um berço, porque a fada do sabugueiro, irritada com tal sacrilégio, não permitirá que a criança prospere.

Tratam as árvores com consideração e levam-se oferendas a seus duendes, com regularidade, nos países do centro da Europa que consistem em basicamente leite e cerveja, e então a casa e seus habitantes gozarão de proteção. "Sob um salgueiro", conta-se num relato transmitido popularmente na Alemanha, "pôs-se a salvo um pastor de qualquer possível acidente, das cobras, das bruxas e dos mosquitos que ocasionam a morte. Teve alguns belos sonhos e a sorte de ver-se rodeado de uns divertidos elfos que dançavam ao seu redor. A mulherzinha que encarna o salgueiro, além do mais, ajuda em qualquer sofrimento que possa acontecer a seus protegidos.".

Assim, se, por exemplo, alguém tiver dor de dentes, tem de andar para trás, com uma faca na mão na direção do sabugueiro da sua casa e dizer sem olhar para ele:

– *Querido senhor, empresta-me um pedaço da sua madeira que lhe devolvo em seguida.*

A seguir, corta uma lasca da madeira e regressa de novo para casa, andando para trás. Ali faça uma incisão na gengiva do molar para retirá-la, leve a lasca novamente para a árvore da mesma maneira, coloque nela e a amarre com força. Torna-se interessante que o costume de atar trapos nas árvores para que desapareça uma enfermidade ou para pedir que chegue uma criança, não só se segue hoje em dia no Oriente e na Índia, mas também na Irlanda.

Inclusive em zonas católicas, nas em que existem os santos ou a Virgem aos que a gente se dirige oficialmente para pedir algo, primeiro se pede aos seres que vivem nas árvores ou nas fontes dos arredores.

Outra árvore, que junto com o salgueiro, segundo a crença popular, aloja as fadas, é o zimbro. Num relato dos irmãos Grimm, o zimbro outorga desejos às crianças e converte-se no vingador dos maus e no protetor dos bons.

Uma árvore também preferida pelas fadas é a tília. Sob seus galhos fechavam-se contratos e matrimônios, que assim ficavam selados. Também se celebravam julgamentos. Era considerada milagrosa e dizem que nunca lhe caíam raios. Nas tormentas, quem se colocasse sob uma tília e deixasse ficar molhado pelas gotas que dela caíssem, estava protegido das enfermidades e dos acidentes de qualquer tipo. Como oferenda lhe davam leite, manteiga ou cerveja, para que os seres que nela habitassem, conservassem seu bom humor.

Outra árvore é a azinheira. Há um relato em que um lenhador golpeava um velho azinheiro e de repente apresentou-se uma fada diante dele, suplicou-lhe que deixasse tranquila a árvore e disse-lhe que se acedesse a seus rogos, lhe concederia três desejos.

Também no País de Gales conhecia-se a estreita relação entre as fadas e os azinheiros. Um professor viu, ele mesmo, no seu caminho para casa, várias vezes, fadas bailando debaixo de uma dessas árvores, sobretudo nas noites de sextas-feiras. Não podia entender o que diziam entre elas, mas, às vezes, parecia não partilharem das mesmas ideias.

O lugar das fadas, com a implantação do Cristianismo, passou a ser ocupado pelo demônio, pelas bruxas e, paradoxalmente, pela Virgem Maria. Assim, existem tantas azinheiras das bruxas, quantas azinheiras dedicadas à Virgem, às quais se faziam peregrinações e em alguns lugares ainda continuam sendo feitas.

Em alguns lugares católicos apenas há uma só azinheira centenária em que não se tenha posto um quadro da Virgem Maria. Do mesmo modo, sob uma velhíssima azinheira, bailavam os elfos, na Irlanda, nas noites de lua cheia. Eram muitos reunidos: alguns se estendiam em baixo das sombras mais afastadas dos galhos, outros eram vistos radiantes sob o luar que penetrava entre as folhas. Podia-se ver alguns, tão tranqüilos, sem ser molestados por nada, sentados nos troncos.

Também agradam às fadas, as nogueiras, as macieiras, os freixos, os olmos e os amieiros, mas talvez mais do que todos os demais, sua árvore preferida seja o espinheiro. Em diversos países considera-se que neles vivem as fadas, os duendes e outros seres incorpóreos.

O que se manteve vivo, a crença, pode-se ver no seguinte relato de um irlandês dos começos do século XX:

Como encarregado de uma grande propriedade no condado de Meta, há uns 20 anos ordenei a meus homens que cortassem um determinado espinheiro. Encontrava-se justamente no meio de um campo, o que tornava dificultoso arar e realizar outros trabalhos da terra. Sete a oito homens, um após o outro, recusaram-se a por as mãos em cima da referida árvore. Diziam que nela habitavam as fadas e que tudo o que havia ao seu redor lhes pertencia.

Tinham medo de derrubar algo que pertencesse à boa gente, pelo que não me restou outro remédio senão cortá-la eu mesmo.

No ano de 1968, um jornal irlandês informava que um empreiteiro e seus trabalhadores negavam-se a tirar uma velha e nodosa árvore que impedia a construção de uma estrada em Donegal. Eu não me atrevia, explicava o empreiteiro, a cortá-la e tampouco queria ordenar a nenhum dos meus homens que o fizesse. Ouvi tantas coisas sobre as árvores das fadas que não quis arriscar-me. Como para a construção de um hospital, do mesmo modo se fazia necessário cortar vários espinheiros, atrás de um longo bosque, até que se conseguiu, por fim, encontrar um voluntário.

Esse homem removeu a árvore e contestou as advertências dos demais, com palavras ousadas. De acordo com o investigador, Mac Manus nessa mesma noite sofreu um ataque de apoplexia, a que sobreviveu apenas por um ano. Por outra parte, o hospital nunca foi terminado.

Em muitas histórias da Irlanda, da Inglaterra e também da Suíça, a gente trata com muito cuidado desses espinheiros e por isso são premiados por seus inquilinos.

Conforme a crença popular, nem todas as árvores têm a mesma relação com as fadas, pois há espécies que nunca costumam aparecer nesse tipo de história.

Outras plantas típicas das fadas são as samambaias, o tomilho silvestre, as azedinhas, as ervas e isso ainda que seja só nas pinturas e nos contos, as campânulas com as quais tanto se adornam os elfos nas imagens.

Desde a época de Shakespeare, os elfos são já impensáveis sem seus adornos florais. Uma das artistas mais conhecidas que se ocupou desses temas é Cicely Mary Barrer, autora de muitas das imagens que adornam este livro.

As doces cabecinhas dos elfos com cabelos ruivos ou castanhos, sempre estão adornadas com flores que podem ser campânulas, lilases, rosas ou as papoulas. A flor de São João ou as hipericíneas, as ervas e as samambaias, não se tornam muito decorativas para a maioria das pintoras ou ilustradoras, mas o gosto das fadas nem sempre coincide com as plantas mais decorativas.

As campânulas, tão úteis às pintoras de fadas, tornam-se perfeitamente adequadas nas ilustrações como sombrinhas para os elfos, mas não existe nenhum dado indicador de que as fadas tenham alguma preferência por elas como ocorre com as samambaias e com a flor de São João.

Parece que as fadas não se deixam influenciar pelo aspecto externo. Dado que muitas delas estão a cargo do desenvolvimento e da evolução do mundo vegetal, conhecem a botânica muito bem e sabem perfeitamente quais as plantas são efetivas

e quais podem ajudar em uma ou outra enfermidade, assim como quando é o momento adequado para colhê-las.

Pelo menos no passado, as fadas permitiam que as pessoas aproveitassem o seu conhecimento e instruíam aqueles que se dignaram a ouvi-las. Essa é a excelsa mensagem que o espírito de um pinheiro escocês deu a Dorothy Mac Lean nos jardins de Finddhorn:

As árvores são como uma membrana protetora para a terra e nessa membrana efetuam-se mudanças necessárias. Somos as sentinelas externas dessa mudança e somos capazes de fazer nosso trabalho onde outros não poderiam. Vangloriamo-nos disso, nosso mais elevado elogio emana como o aroma de uma flor.

Abençoamos a todos os que vêm e descansam em nossa aura e em nossos bosques, ainda que o humanos, absortos em si mesmos, não sejam conscientes da nossa presença.

As árvores, enraizadas guardiãs da superfície que atraímos as forças superiores para a terra através do solo, temos uma oferenda especial para o homem nessa era da velocidade, pressa e negócios. Somos

calma, força, permanência, aplauso e fina harmonização, tudo o que é sumamente necessário no mundo. Somos mais do que isso. Somos expressões do amor do criador por sua vida abundante, singular e inter-relacionada. Temos um propósito. Não podemos prescindir uns dos outros, não importa, isolados ou autossuficientes, que pareçamos num sentido geográfico. A totalidade da vida está aqui, agora e é nosso privilégio o fazer soar nossa nota especial. Vem a nosso lado sempre que possas e aproveita para elevar tua consciência.

Noutra ocasião disse-lhe o espírito de um cipreste:

Vastas regiões necessitam de nós e por nós quero significar as grandes árvores em geral. Simplesmente, não podemos enfatizar isto o suficiente. Somos a pele deste mundo; eliminai-nos e todo planeta já incapaz de funcionar, se ressecará e morrerá. Deixai--nos ser e toda criatura se encherá de satisfação; a vida continuará sua seqüência natural, sendo cada vez mais consciente da unidade de tudo quanto existe.

A preocupação pela crescente degradação do planeta é um tema recorrente em todas as mensagens recentes dos espíritos da natureza. O deva do Freixo falou a Dorothy MacLean da decrescente porção da terra que ia ficando em estado natural e suplicou que fôssemos guiados em nosso controle da terra, seguindo os métodos da natureza.

Devemos recordar sempre que cada planta ocupa um lugar no todo. Outros espíritos de árvores disseram que as árvores ajudam o homem a manter sua estabilidade mental e que, para este fim, em torno das grandes cidades deveriam existir montes com florestas.

Outro deva do cipreste, com sua forte 'voz', voltou a mencionar a necessidade de que a superfície da Terra tenha grandes árvores, dizendo:

O planeta clama por nós em uníssono; mas o homem, dedicado a seus próprios assuntos, segue absorto seu caminho. Nós continuamos iluminando desde cima, prontos para desempenhar nosso papel, como sempre. Tem havido enormes mudanças no passado, à medida que esta terra evolui, no entanto, o Sol brilha e a vida depende da água, nosso rol tem sido e continuará sendo necessário. Tudo na vida mudará, será mais leve, mais feliz e mais consciente, mas teremos muito que fazer. Nossos propósitos fluem com tanto vigor como sempre.

Os sentimentos caminham através de nós, em ondas de força que provêm da Fonte e aproveitamos cada oportunidade para transmitir ao homem a necessidade de que haja florestas. Quiséramos chegar a sua mente para que saiba, sem dúvida alguma, dessa necessidade. O homem encarregou-se de apenas uma parte do seu papel como criativo filho de Deus e está atuando sem a sabedoria que se requer para o desempenho desse papel.

Tentamos notar que isso fique claro para ele. O que agora importa é a consciência. Nossos mundos naturais são essenciais; grande parte dos mundos do homem, criados com um sentido de separação, não são essenciais. Juntos, podemos criar uma terra melhor.

Numa ocasião, enquanto Dorothy caminhava pela floresta, sentiu uma tremenda pureza que provinha das árvores. O deva de uma árvore, explicando que essa pureza emanava da sua sintonia com as energias divinas, disse-lhe:

> Há alguns humanos aos quais não lhes agrada a nossa pureza, pois é alheia ao seu ambiente habitual e também outros que não a sentem porque são demasiado egocêntricos. Àqueles que procuram por nós, a esses os elevamos. Quando estais em nossa aura e vos aproximais do nosso ser, sois elevados porque nos encontramos em sintonia. Na realidade podemos ajudar muito os humanos a obterem a paz interior. Deveriam existir sempre amplas regiões onde as árvores reinassem soberanas e sem ser perturbadas, no que possamos brindar com prazer. Essas regiões seriam essencialmente muito eficazes para a cura das nações.

Quando Dorothy perguntou aos espíritos das árvores se podia fazer algo por eles, responderam-lhe:

> O maior serviço que podeis prestar-nos é reconhecer-nos e levar nossa realidade para a consciência humana. É certo que, se bem falamos com uma só voz, somos muitas; é certo que somos a inteligência luminosa de cada espécie, não os espíritos de árvores individualizadas; é certo que estamos vitalmente preocupadas pela terra como um todo, porque vemos que a humanidade

interfere em detrimento da unidade que chamais este planeta, queríamos comunicar-nos com o homem para que tornasse mais consciente da lei divina. Temos sido parte do crescimento humano num passado distante e agora continuamos sendo parte deste crescimento.

Reconhecei nosso caráter. Reconhecei a vida divina em tudo. Dizei com firmeza que a natureza não é só matéria, nem uma força cega, dizei que é consciente e que tem formas de manifestação que não percebeis com vossos sentidos. O homem, à medida que se aproxima da verdade, apesar do seu intelecto, nos reconhecerá com sua mente superior e deste modo cumprirá os desígnios de Deus. Somos gratos a quem quer que divulgue esta verdade.

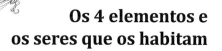

Os 4 elementos e os seres que os habitam

A filosofia grega utilizou os quatro elementos (água, fogo, terra e ar) não só para descrever as formas que adota a matéria física, mas também como arquétipos ou padrões para explicar tudo quanto existe na natureza e isso tanto nos reinos visíveis como nos invisíveis.

Essa concepção perdurou durante toda a Idade Média e o Renascimento, influenciando profundamente o pensamento e a cultura europeia.

Todavia, o princípio filosófico dos quatro elementos é anterior à Grécia antiga, existindo muito antes na Índia e na China, pois se lhe encontra tanto na base do Hinduísmo como do Budismo, especialmente nas suas vertentes esotéricas.

Considera-se que os distintos seres que habitam em cada um dos quatro elementos da natureza possuam qualidades próprias e específicas que os distinguem dos demais e que os identificam especialmente com o referido elemento.

O famoso vidente e teósofo, Vicente Beltrán Anglada, relata assim sua experiência com os distintos seres que habitam os quatro elementos da natureza:

A água não era para mim um simples composto químico, senão que era além do mais, um recipiente místico que albergava algumas vidas inteligentes que aparentemente e em muitas e desconhecidas intercomunicações a construíam. Aprendi, dessa maneira, a aliar a água com algumas belas criaturas etéreas que esotericamente se denominam ondinas.

O mesmo me ocorreu ao examinar ocultamente o ar, a terra ou o fogo, dando-me conta de que no seio de tais elementos existia uma insólita e palpitante vida, que enchia o espaço com seu poder psíquico. Compreendi progressivamente que essas vidas, as sílfides, as ondinas, as fadas, os gnomos etc e a multiplicidade de invisíveis e desconhecidos espíritos da natureza, eram expressões de um poder mais elevado já que, tal como sempre pressentira, a lei da evolução contém em si o princípio da hierarquia.

E é assim, de forma suave e paulatina, como fiquei consciente de algumas forças psíquicas, infinitamente superiores que utilizavam o éter do espaço como campo de expressão. Surgiram então diante de mim exaltada e maravilhada visão, extensas gamas de devas, mestres na arte da construção, os quais dirigiam uma incrível hoste de pequeníssimos obreiros, que, com rara habilidade, criavam com sutilíssimos fios de luz etérea, todas as formas físicas da natureza e decompondo aquela lua, dotavam-na de cor e das inerentes qualidades físicas e psíquicas que constituíam a razão de ser das suas vidas, da sua constituição e da sua espécie. (BELTRÁN, Anglada. Os Anjos na vida social humana.).

Os seres do elemento água

O elemento água foi sempre considerado como o princípio feminino universal, o que preside as emoções e o inconsciente. Sua essência está fortemente relacionada com a fertilização, a maternidade e a geração.

Do mesmo modo que o fogo, a água esteve sempre ligada aos rituais de purificação, sendo usada tanto nos batismos, como nos exorcismos, por possuir a faculdade de reter em seu seio as energias negativas, além de ser um elemento altamente condutor das vibrações sutis. Sempre foi utilizada para ligar o ser humano com Deus. Ao elemento água pertencem

as ondinas, as sereias, as ninfas e as náiades, que se encontram nos oceanos, lagos, rios e principalmente nas cascatas para onde vão divertir-se em grupos.

Sua aparência é feminina, carecem de asas e seus movimentos são de uma graça excepcional e de uma beleza sedutora. A primeira testemunha literária sobre as sereias brindou-a Homero aos gregos. Na Odisseia, canta-nos como Ulisses pode escapar aos cantos maravilhosos dessas criaturas. Prevenido contra o perigo pela maga Circe, o astuto rei da Ítaca não quis perder um concerto tão especial, por isso pediu a seus companheiros que o atassem fortemente ao mastro do navio, enquanto que eles se tapavam os ouvidos com cera para não serem vítimas do encantamento.

Logo Ulisses gritava que o desatassem, que o deixassem seguir esses seres maravilhosos. E os marinheiros permaneciam incomunicáveis, surdos aos mais belos cantos de toda a costa mediterrânea. Próximo àquele ponto da rota, alguns arrecifes pontiagudos esperavam os seduzidos e imprudentes navegantes. Ainda que na realidade, as sereias homéricas tenham pouco a ver com as de hoje em dia, pois não tinham escamas, senão asas e além do mais um corpo como o de pássaro.

De fato, aparte os arrecifes para onde se arrojam os navios, nelas nada recorda o ambiente marinho. Seu único poder milagroso reside nas fascinantes modulações da sua voz, mas de uma ou outra forma, o fato é que deram seu nome às mais conhecidas criaturas mágicas dos mares.

A seguinte mensagem foi enviada por um espírito da água a Michael Roads, em certa manhã de primavera, quando estava sentado sobre uma rocha, junto ao rio em que costumava banhar-se:

Sê consciente da vida que há ao teu redor: a cor brilhante do martim pescador sob o Sol da manhã. Os peixes que saltam no rio limpo e claro. O tíbio Sol sobre os teus ombros. O dragão da água que olha de um tronco podre. Sê consciente da vida que há aparte do que tu és. Cada folha transborda de energia primaveril A força da vida dá a conhecer sua presença em todas as criaturas que te rodeiam: Vida na Vida. Escuta a silenciosa canção da minha voz. Tenho falado à humanidade desde o princípio dos tempos. Numa cascata de sons chamo-os de cada salto de água. Com amoroso abraço tomo vosso corpo nas águas da terra e sussurro-lhes suavemente.

Chamo-os de infinitas formas, mas me ouvis tão poucas vezes! Não podeis ouvir-me com os ouvidos, senão com o coração, com vossa consciência. Vós vos perdeis com tanta facilidade nos labirintos da vossa dimensão! Vossa mente busca sempre a comparação. A luz compara-se com a escuridão, a força, com a debilidade! A polaridade dos opostos marca sempre a identidade da vossa experiência. Eu não tenho oposto. Não podes ouvir minha voz interior e depois comparar. Não podes olhar meu mundo interno e buscar a comodidade dos opostos.

Tendes que ampliar vossa realidade. Tendes que fazer retroceder vossos limites. A dimensão dos opostos não é mais do que uma faceta da realidade total. Os cinco sentidos físicos da humanidade são, ao mesmo tempo, sua liberdade de expressão e os muros da sua prisão. Isso não tem razão de ser assim. A humanidade está capacitada para criar. A criação é uma manifestação do poder da visualização. Dentro desta estrutura controlada e criativa, pode ser que chegueis a abrir uma porta para os domínios da natureza e aí nos encontraremos. Apenas tendes que abrir a porta. Eu estarei lá. Mas, ai! Abrir esta porta é impossível, exceto para alguns poucos. Seguramente há os que deram um passo adiante das fronteiras conhecidas, mas não o conheceis. Sua sabedoria inclui o silêncio. Sorvem o néctar dos reinos mais sutis e não obstante, sorvem-no com tristeza. Tais seres desejariam partilhar o néctar de suas vidas, mas isto lhes foi negado durante muito tempo. Agora esta época está chegando ao fim. Uma vez mais, a humanidade encontra-se no umbral do segredo da natureza. O umbral do vosso próprio ser. Um segredo completamente aberto a todos os homens, mas oculto depois dos véus do amor, da sabedoria e da integridade.

De acordo com o relato, Michael permaneceu depois sentado durante um momento olhando a água ondulante. Ficara sem palavras, não tinha nada a dizer. Deixou-se experimentando uma sensação de assombro diante do oculto, diante do desconhecido, perante a imensidão da vida que se redemoinhava e serpenteava ao seu redor.

Os seres do elemento terra

A terra é um elemento considerado passivo e feminino. Diz-se que contém duas partes notáveis: a interior que é fixa e imutável e a superior que é menos densa, móvel e cambiante.

Representa a vestimenta da matéria, isto é, nosso corpo físico, e considera-se que tem a faculdade de poder receber e anular as descargas de energias negativas. A terra tem também a faculdade de reciclar a vida orgânica, recebendo dejetos que transforma em novas vidas como são as plantas e as árvores.

No seu interior encontram-se os segredos da purificação através da transformação e a transmutação da matéria. Possui um filtro que lhe permite reter toda a impureza, em qualquer da suas manifestações e com ela gerar pureza. É a grande encarregada de conservar o equilíbrio da vida humana.

Na terra está o segredo da vida e da morte. Dela extrai o planeta, a força e a vitalidade e é nela que tem lugar a transformação do corpo: apodrece ou simplesmente morre, passando a fazer parte da grande massa sólida. A pedra, que é um dos aspectos da terra, representa o símbolo da unidade, da durabilidade e da força estática.

No corpo humano está representada pelos sais e minerais que constituem as partes sólidas do nosso organismo, o esqueleto, dando-lhe força e vitalidade.

Com relação aos espíritos da terra, disse Leadbeater:

A etapa mineral é aquela em que a vida está mais profundamente inserida na matéria física. Há seres que, em sua evolução, assumem veículos de matéria etérea para morar no interior da crosta terrestre e no interior das compactas rochas. Muitos não conseguem compreender como é possível que haja seres vivos que habitem o seio das rochas ou no interior da crosta terrestre.

Não obstante, os seres dotados de veículos aéreos não tropeçam com a mais leve dificuldade para mover-se, ver e ouvir na massa da rocha, porque a matéria física sólida é seu ambiente natural e sua peculiar habitação, a única a que estão acostumados e na qual se encontram como em sua própria casa. Não é fácil formar-se um conceito exato destes seres que atuam em veículos amorfos etéreos. Pouco a pouco vão evoluindo até chegarem a uma etapa em que, se bem habitam, todavia, no seio das rochas compactas, acercam-se mais da superfície da terra, em vez de

esconderem-se no mais fundo da crosta e alguns dentre eles, são capazes de mostrarem-se eventualmente ao ar livre durante um certo tempo.

Esses seres são mais vistos e ouvidos com mais freqüência em cavernas e minas. A literatura medieval deu-lhes o nome de gnomos. Em condições comuns, não é visível aos olhos físicos, a etérea matéria dos seus corpos, pelo que quando se mostram visivelmente, é porque ou se revestiram de um véu de matéria física, ou quem os vê excitou sua perceptibilidade sensorial até o ponto de afetar-lhe as ondas vibratórias dos éteres superiores e ver assim, o que normalmente não percebe.

Não é rara, nem difícil de lograr uma excitação temporal da faculda-de da visão que se necessita para perceber estes espíritos da montanha e por outra parte, a materialização é coisa fácil para seres situados muito próximos dos limites da visibilidade.

Assim é que se lhes poderia ver com maior freqüência do que a que se lhes vê, a não ser por sua arraigada repugnância à vizinhança com os homens. Tradicionalmente se considera que entre os seres incorpóreos que habitam a terra, contam-se os gnomos, os duendes e os trolls. A seguinte mensagem foi enviada a Dorothy MacLean pelo espírito de uma montanha, situada nas cercanias do lago Maree, nas terras altas escocesas.

Nossa consciência encontra-se tão profundamente na terra, tão acostumada a canalizar-se através da rocha, que estamos tão apartados dos nossos eus superiores como o estais os humanos.

Estamos profunda, firme e constantemente integrados em nosso entorno, ligados a ele e prestando atenção a muito pouco mais. Não nos afeta que trate de traduzir esta conversação em tuas palavras.

O que é um transitório ser humano na eternidade? Nós somos os grandes sustentáculos do mundo, o vigor da própria terra que continuamente transporta forças para cima e para baixo. Somos muitos e prosseguimos eternamente. O homem modifica e altera a terra, mas a nós não nos pode alterar.

O espírito de uma montanha vizinha, aparentemente menos áspero e mais amigável, disse-lhe: "nós somos mais antigos do que o tempo, qualquer que seja o clima, espargimos nossas energias ao redor, desde a profundidade da terra e desde os céus. Com nosso topo na neblina, nossos braços no lago e os pés bem abaixo, nosso trabalho está mais além da compreensão dos homens."

É demasiado atemporal para que sua mente o entenda. Pertence ao mundo da criação sem princípio nem fim. E é um trabalho puramente benéfico, apesar de duros que possamos parecer. A suavidade é dureza desgastada. Nós permanecemos eternos, trabalhando sempre para o criador de tudo. No outono do ano de 1988, foi-me concedido o privilégio de manter uma comunicação muito rudimentar com o espírito de um majestoso vulcão de mais de 5 mil metros de altura. A conversação, se é que posso chamá-la assim, foi muito breve. O imponente ser respondeu-me à minha saudação e enviou-me uma mensagem

de proteção, algo que, certamente, naquele momento, necessitava. Desde então visitei esta montanha muitas vezes e com certa tristeza devo admitir que uma comunicação deste tipo não voltou a repetir-se. Minha saudação mental não recebe agora resposta, ou melhor dizendo, não sou eu capaz de percebê-la. Nunca, porém, esquecerei a majestade e a sensação de força, de poder e de serena harmonia que naqueles breves momentos percebi com uma claridade total e inequívoca.

Michael Roads relata o que lhe disse um elevado espírito da terra, numa caverna de Nova Gales do Sul, no sudeste australiano. Suas palavras não podem ser mais sábias nem mais amorosas:

Bem-vindo. Não estás aqui por casualidade. Sou um foco de energia, um recipiente que se romperá no seu devido tempo e cuja energia então se sentirá. Noto teu assombro ante minhas palavras. Hás de compreender que estamos entrando numa época de mudança. Cada um dos da tua espécie é também um recipiente de energia espiritual, mas desgraçadamente não conheceis a energia que contendes. Na realidade sois esse conteúdo. Nós, as energias da natureza, que agora estamos expressando-nos, conhecemos vosso lugar e o grande projeto da vida. Dás-te conta de que estás ouvindo e falando não com a pedra que forma a base física da gruta, senão com a energia inteligente que reside nela. De outra parte, dás-te conta de que não sou física, só o recipiente é físico, como podem ver teus olhos sensíveis. O mesmo ocorre em vossa espécie. Vosso corpo é somente o recipiente físico do espírito. Estás descobrindo tua latente capacidade para unir--te com as energias da terra. O alcance deste poder não tem limite. Olhes a profundidade destas águas e verás refletido tudo o que há ao teu redor. Do mesmo modo, quando olhas toda a vida que te rodeia, não vês senão um reflexo do mundo real. A vida da humanidade desenvolve-se neste confuso  *e distorcido reflexo. Não obstante, cada um de vós tem a capacidade de perceber a vida como é e de exercer sobre ela um amoroso domínio. Isto, porém, requer uma energia da qual a humanidade carece: a humildade.*

A humildade é a energia criativa do Universo e tem um posto chave no projeto da vida. Este projeto desenvolve-se com a ajuda da humanidade ou sem ela, mas o que poderia ser satisfação converte-se numa dor sem sentido. Meu amigo, do mesmo modo como relacionei minha energia com a tua, assim o faço com todos os que visitam este lugar. Cada um se dá conta conforme seu próprio grau de percepção. O amor que sinto e compartilho contigo, o sentes por todos os da tua espécie. Estamos unidos no espírito. Vai-te em paz.

Os seres do elemento fogo

Diz-se que quando os humanos conseguiram dominar o fogo para manterem-se aquecidos e afastarem os animais ferozes, iniciaram sua viagem para a civilização. Considerado pelos alquimistas como o princípio de todos os movimentos da natureza, o elemento fogo foi tradicionalmente considerado ativo e masculino.

Dos 4 elementos, é o que mais ligado está a todas as religiões. Desde o início dos tempos foi o símbolo pelo qual lutar e pelo qual defender-se. Lutava-se pela alma do homem que estava representada pela chama do fogo e também se utilizou para ver o inimigo a enfrentar, pois através da luz das chamas, podia-se percebê-lo.

O fogo é, por sua vez, visível e invisível. No nível da sensibilidade podemos dizer que é visível nas chamas e invisível no calor

que irradia. Esotericamente o fogo está ligado à chama divina ou o princípio divino que se encontra presente no momento da criação. Sempre foi considerado como o mais enigmático e surpreendente dos 4 elementos devido à sua energia que é extremamente poderosa.

Muitos seguem utilizando na atualidade o fogo das velas para comunicar-se com os planos superiores e receber suas instruções. O fogo é, definitivamente, uma ponte que une o material com o espiritual. Repre-senta os dois polos opostos de uma mesma criação, a vida e a morte, a origem e o fim de todas as coisas e é o elemento que simboliza a transformação e a regeneração.

Seu poder é benéfico, quando se utiliza com amor e compreensão ou simplesmente quando se lhe deixa atuar naturalmente. Mal utilizado ou abusando-se da sua faculdade chega ser destrutor. Destrói, porém, através da purificação do seu calor, para logo, junto com os outros elementos da natureza, voltar a recriar. O fogo é a essência divina que cada um de nós traz dentro de si. É a presença de Deus, dentro de nós. É o amor, as paixões, a energia sexual, é a força para realizar coisas positivas e também, no outro extremo, é a agressão e o ódio.

O que segue é uma comunicação recebida por Dorothy MacLean, procedente de um deva de um elevado nível, referente aos espíritos do fogo:

> As criaturas do fogo são poderosas, principescas e misteriosas, não demasiado misturadas com o homem. Acaso Prometeu, por haver dado o fogo aos homens, não foi proscrito à perpetuidade pelos deuses? E não obstante, o fogo está aqui, nos vulcões e está em ti.

Não brinques com fogo, cresce em sua estatura para ser uno com ele e então seus aspectos construtivos e destrutivos serão uno contigo. Seu grande poder volátil, sua chama cósmica, ascenderá poderosamente a consciência. Nenhuma outra coisa é tão efetiva. Inclina-te profundamente diante dos senhores do fogo, purifica-te e eleva-te com eles às grandes alturas temerárias. É o caminho do fio da navalha para quem quer que se desvie. A intensidade do poder é tremenda. Permanece sendo pequena e serás tão grande como o Sol.

As palavras desse majestoso ser parecem evocar o despertar da Kundalini ou fogo sagrado. Energia poderosíssima que conforme a tradição dos iogas reside na base da coluna vertebral, em

forma de uma serpente enroscada e que, ao despertar-se, ascende pela coluna, vivificando todos os centros e modificando para sempre a pessoa, concedendo-lhe, por sua vez, consciência e poderes antes insuspeitos.

Precisamente a busca desses poderes fez com que muitos tentassem despertar essa energia antes do tempo, expondo-se por isso a grandes perigos e sofrimentos que, no dizer dos entendidos, poderiam inclusive, estenderem-se além da sua presente incarnação.

Parece que o fogo sagrado, ou Kundalini, tem uma estreita relação com a energia sexual ou com um nível mais elevado do que esta. De qualquer forma, como bem falou o deva à Dorothy, seguir por esses caminhos prematuramente, é como ir pelo fio de uma navalha e jamais deve fazer-se pela busca de poder. Colher o fruto antes de amadurecer, traz tão somente mau sabor e decepção.

Cada coisa no seu devido tempo. As palavras do deva são sábias: "continua sendo pequeno e serás tão grande como o Sol.". Talvez o mestre Djwal Khul, refira-se a isso, quando, num texto por demais bastante obscuro, adverte cerca dos perigos inerentes ao estabelecer um contato indiscriminado e imprudente com certos espíritos da natureza: na obra *Tratado sobre o fogo cósmico*, ditada a Alice A. Bailey, disse o mestre Djwal Khul (também conhecido como o Tibetano):

> Muito pouco pode agregar-se a esta altura, acerca da evolução dos devas. Muito do que poderia dizer-se, mantém-se forçosamente reservado, devido ao perigo que oferece o conhecimento superficial, quando não vem acompanhado peça sabedoria e a visão interna.
>
> Outros 3 pontos poderiam agregar-se aos 4 já dados, os quais concernem, em primeiro lugar, à futura relação dos devas como o homem e a sua aproximação a este, graças ao novo tipo de força que está entrando.

Esta aproximação, ainda que inevitável, não terá resultados totalmente benéficos para a hierarquia humana e até que não se compreenda o verdadeiro método de estabelecer contato e se empregue inteligentemente à associação conseguinte, muito sofrimento sobrevirá e passar-se-ão amargas experiências.

Deve-se refletir sobre isto porque em dias vindouros, quando os entes se puserem em contato com os devas e inevitavelmente paguem a penalidade, será útil que o homem compreenda a razão e se dê conta de que é necessário separar-se destas essências dos 3 mundos. A aproximação entre estas 2 linhas de evolução pode ser efetuado no plano búdico, mas unicamente se constituirá da aproximação entre 2 essências e não entre o concreto e a essência.

Enquanto o homem funciona mediante formas substanciais e materiais nos 3 mundos, não pode transpor a linha divisória entre as 2 evoluções. Unicamente, nos planos do fogo Solar ou nos níveis etérico-cósmicos pode-se estabelecer contato; mas nos planos do nível denso físico cósmico (nossos planos mental, astral e físico) o referido contato ocasionaria um desastre. Ocupei-me com isso porque o perigo é muito real e está muito próximo.

Dorothy MacLean, por sua parte, manifesta que após a conversação mantida a respeito dos espíritos do fogo, entrou em contato com alguns senhores das chamas do Sol, que nos saudaram a nós. Denominaram-se a si mesmos como amantes do Sol e falaram dele como o centro espiritual deste sistema planetário. Assim mesmo falaram da sua própria função como controladores das violentas forças que formam a cadeia da vida.

Ás perguntas de Dorothy, responderam que o homem também haveria de aprender seus segredos a seu devido tempo. Resumindo, podemos dizer que o elemento fogo e os seres que lhe dão vida despertam no ser humano sentimentos e consciência tanto do seu poder com do perigo que entranham, em especial, quando não se lhes trata devidamente.

Para o alquimista Abate de Villars: "E preciso purificar e exaltar o elemento fogo que está em nós e elevar o tom dessa corda que está frouxa. Esse é um segredo que os antigos ocultaram religiosamente e que nos pode converter em seres, por assim dizê-lo, de natureza ígnea."

A mensagem parece que é esta: algo muito importante está oculto no fogo, algo que nos pode elevar, mas também pode destruir-nos.

Os seres do elemento ar

O ar é um elemento considerado ativo e masculino. Sua expressão palpável e externa é o ar que respiramos, mas sua natureza intrínseca e real é intangível e poderíamos chamá-lo 'ar espiritual' e é este o que verdadeiramente dá a vida.

O elemento ar é o meio em que se manifestam muitas entidades incorpóreas, especialmente as da luz e também é o canal de comunicação com elas. Em certa medida se poderia assimilar o aspecto sutil do elemento ar, com o que nas tradições orientais é conhecido como prana, chi ou ki.

Para C. H. Leadbeater, os espíritos da natureza que habitam o elemento ar são de uma ordem e um nível de evolução superior aos demais, pois já se desprenderam de qualquer traço de matéria física.

São os chamados silfos, ou sílfides. Por estarem tão evoluídos podem compreender a respeito da vida muito mais do que o restante dos seres. Sua evolução ascendente tem lugar mediante o trabalho em colaboração e sob as ordens de um anjo ou um deva de nível muito elevado.

Diz-se que há muitas variedades de sílfides que diferem em poder, inteligência, aspecto e costumes. Quanto a sua ubicação em determinado lugar, não estão tão limitados como outros tipos já descritos, ainda que também pareçam reconhecer o limite de diversas zonas de altitude, pois sempre, segundo Leadbeater, umas variedades flutuam próximas da superfície terrestre, enquanto que outras, poucas vezes se aproximam dela. As comunicações dos espíritos do ar com os seres humanos não são muito freqüentes.

Segue parte de uma das mensagens recebidas por Ken Carey:

Somos as tribos aladas que voamos sobre as copas vivas das árvores onde sopram, livres e indômitos, os ventos do espírito. Somos os espíritos alados e amamos as fluidas e mansas nuvens de nossa mãe, assim como amamos as estrelas que nutrem e sustentam as formas biológicas da dançante luz.

Somos do ar, para sempre estaremos próximos do ar e da terra, da luz e do som, do fogo do pai e da eterna sabedoria da mãe. Viemos à terra a voar pelo espaço com as asas do amor que nos criou e que nos recria em cada momento. Porque amamos estes céus e estas terras. Amamos este planeta com um eterno fogo de que necessitam todas as miríades de estrelas para revelar-se.

Despertai, humanidade. Os mestres do amor giram em torno da estrela matutina, descem em espiral, detêm-se e desembarcam nas costas da tua história e batendo as asas penetram na tua consciência.

Nós, os seres humanos, lhes abriremos as portas da nossa consciência, da nossa percepção?

Os universos paralelos

Levando em conta as diferentes explicações que se deram sobre a realidade das fadas, dos elfos e de outros seres incorpóreos, relacionados com o mundo natural, tudo parece indicar que nos encontramos diante de uma evidência a mais de que não estamos sós no Universo nem, naturalmente, somos o único tipo de seres inteligentes, sem ter por isso que nos deslocar a distantes planetas, sistemas ou galáxias.

De acordo com as doutrinas esotéricas tradicionais, o homem move-se, vive e tem seu ser em um Universo de que apenas é consciente. As vibrações captadas por nossos 5 sentidos e que nosso cérebro converte em sensações acústicas, visuais, tácteis, olfativas e gustativas, representam uma parte infinitesimal do espectro vibratório em que estamos imersos as 24 horas, todos os dias das nossa vida.

Nossos 5 sentidos são janelas bem estreitas que apenas nos deixam perceber uma minúscula parte do mundo que nos rodeia, que, além do mais, chega-nos peneirado e distorcido. O filósofo Platão plasmou essa distorção no famoso mito da caverna, incluído na sua obra, *A República*. No referido relato descreve Platão uma série de pessoas que estão encarceradas na parte mais profunda de uma caverna.

Presos com a face para a parede, sua visão é muito limitada e, portanto, não podem distinguir ninguém. A única coisa que vêem é a parede da caverna que tem à frente deles e sobre o que, de vez em quando, se refletem as distorcidas figuras dos objetos e animais que, às vezes, passam diante de uma grande fogueira que tem os prisioneiros às suas costas.

Os universos paralelos | 199

Um dos indivíduos, porém, pode escapar e sai à luz do dia. Então vê pela primeira vez o mundo real e volta à caverna para dizer a seus companheiros que o que viram até o momento são sombras e aparências e que um luminoso mundo real os espera no exterior quando conseguirem liberar-se das suas amarras.

O mundo de sombras da caverna simboliza o mundo físico das aparências. Assim, delimitada e distorcida seria a percepção que os homens médios, nós, temos do mundo em que vivemos. Quando alguém é consciente das nossas limitações sensoriais, a possível existência de outros mundos paralelos ao nosso deixa de parecer tão fantástica.

Já no século V. a C., o também filósofo grego, Anaxágoras, expressava a crença de que 'outros homens e outras espécies viventes' moravam numa espécie de terra que, ocupando o mesmo espaço que o nosso, como interpenetrando-se com ela, recebia a luz dos seus próprios astros e cujos habitantes, como nós mesmos, possuem cidades e fabricam objetos engenhosos.

Pelos fragmentos da sua obra que chegaram até nós, não sabemos se Anaxágoras pensava que podia ter lugar um contato entre os seres inteligentes de ambos os mundos. Nos Puranas, resumo da mitologia, a filosofia e os ritos

indianos, fala-se dos dwipas, ou 7 níveis distintos de existência, que possuem seus respectivos mares, montanhas e habitantes inteligentes.

Na década dos anos 60, o escritor e cientista francês, Jacques Bergier, interessou-se por mundos metafísicos do hinduísmo, crendo que podia haver algo de certo neles, conforme os princípios da matemática moderna. Bergier apontou que as superfícies de Riemman estão compostas por certo número de camadas que não estão uma em cima da outra e nem sequer lado a lado das outras camadas, simplesmente coexistem.

É quase seguro que Bergier simplificava o assunto para os leitores inexpertos, mas a conclusão matemática era de que o espaço é muito mais complexo do que aparenta e do que pensa a maioria. "Se a Terra é uma destas superfícies", escreve Bergier, "por fantástico que possa parecer, torna-se possível que existam regiões desconhecidas que são no geral, inacessíveis e que, natu--ralmente, não aparecem em nenhum mapa-múndi, nem globo terrestre. Não suspeitamos da sua existência, do mesmo modo que não suspeitamos da existência dos micróbios, ou da radiação invisível do espectro, antes de tê-las descoberto.".

Encontrou Bergier a prova do exposto tanto por Anaxágoras como pelos escribas hindus que redigiram os Puranas? Existem deveras outros espaços que coexistem com nosso espaço? A propósito de civilizações que convivem em diferentes conceitos espaciais, o já mencionado mestre Djwal Khul, no livro, *Tratado sobre o fogo cósmico*, ditado a Alice A. Bailey disse:

[...] *nas profundidades da Terra encontra-se uma evolução de natureza peculiar, bastante parecida com a humana. Apresentam corpos de um tipo particularmente denso, que poderiam considerar-se definidamente físicos, na acepção em que entendemos esse termo. Vivem em colônias sob uma forma de governo adequada às suas necessidades, nas cavernas centrais, ubicadas debaixo da crosta da Terra. Seu trabalho está intimamente ligado ao reino mineral e tem sob o seu controle aos agnichaitans dos fogos centrais. Seus corpos são constituídos de modo que possam suportar grande pressão e não dependem da livre circulação do ar, como o homem, nem se vêem afetados pelo intenso calor existente no interior da Terra. Pouco pode comunicar-se aqui, a respeito dessas existências, ademais pouco ganhamos estendendo-nos a respeito dessas vidas e do seu trabalho, pois não é possível ao homem comprová-las, nem seria desejável.*

Não obstante, há quem creia que em determinadas condições, seja possível que os habitantes desse mundo penetrem em alguns destes outros mundos paralelos. Esta passagem de um a outro mundo teria lugar através do que se conhece como portas dimensionais ou pregas espaço-temporais.

Por inverossímil que possa parecer, essa possibilidade explicaria as crenças amplamente difundidas no folclore de todos os países do mundo. Recordemos as crianças raptadas pelas fadas, sobre lugares em que se possa entrar, mas não sair, ou que possam ser visitados em determinadas épocas do ano ou a cada certa quantidade de anos.

As cidades fantasmas visíveis desde a geleira de Muir, no Alasca, explicadas até agora como efeitos óticos, seriam espelhos não de cidades do nosso mundo, senão de urbes cujos habitantes 'fabricam coisas engenhosas' como disse Anaxágoras há 25 séculos?

Aproximadamente há uns 30 anos tive que realizar com freqüência e quase sempre à noite, o trajeto entre duas cidades distantes, uns 200 km. Foi quando, então pela primeira vez, tive notícia de uma cidade esplendorosa, com abundantes cúpulas e minaretes, visível apenas em algumas ocasiões, desde muito, próxima da estrada. Assombrado, descobri que muitos motoristas sabiam da sua existência e que, para as pessoas do lugar, sua visão, ainda que sempre inesperada, era apenas um pouco mais estranha do que a luminosa estrela de um meteorito numa cálida noite de verão.

Muitos anos depois, no México, comprovei como pessoas de grande seriedade e notáveis conhecimentos pensavam que nas encostas de um dos montes que rodeiam o povoado de Tepotztlan existe uma dessa portas dimensionais, através da qual se poderia penetrar noutros mundos ou noutros níveis da existência. O investigador de temas paranormais, Brad Steiger, manteve um intercâmbio epistolar com um indivíduo supostamente capaz de internar-se à vontade, nestes outros níveis da existência.

Al Kiessig, natural do Missouri, escreveu detalhadamente sobre suas experiências como os portões dimensionais, ou pontos de acesso, a outras realidades. Informou a Steiger que um desses universos vizinhos é um entorno insonoro que carece de vento ou de Sol, ainda que seu céu disponha de suficiente luz como para sugerir a existência de semelhante astro e que o mesmo pôde internar-se no referido mundo, enquanto passeava com seu cão em Arkansas, em dezembro de 1965.

Esse mundo silencioso parecia imitar o nosso, copiando até os detalhes das casas de madeira, mas o silêncio, a ausência de vida animal e de seres humanos infundiam pavor. Também mencionou o que parece ser uma constante quando se passa de um mundo a outro: a considerável diferença do transcurso do tempo entre ambas as dimensões. Kiessig, inclusive mencionou que nas montanhas de Ozark, havia um lugar de onde podia ver outra dimensão com claridade e inclusive contemplar como seus habitantes entravam na nossa.

Outros lugares a respeito dos quais ouvi comentários parecidos são: Sedona, no Arizona e no Monte Shasta, na Califórnia. Não é necessário, porém, ir tão longe para ascneder a algumas dessas portas, onde uma vez transpostas, o tempo transcorre em um ritmo distinto ao dos humanos e que poderiam, muito bem, tratar-se de entradas para o mundo das fadas.

Pessoas que estudaram o tema pensam que tanto no mosteiro navarro de Leiria, como no pontevedrês de Armenteira, pode existir esse tipo de misteriosas portas. E há mais. No ano de 1912, durante alguns trabalhos para uma canalização de água, em La Orotava, no Tenerife, derrubou-se uma das paredes e os operários puderam ver uma estranha galeria, que até aquele momento havia permanecido oculta.

Viram também estranhos homens brancos que fizeram sinal de aproximar-se, mas os trabalhadores, assustados, correram até o quartel da guarda civil de Guimar, para darem conta da ocorrência. Quando mais tarde voltaram ao local, já não encontraram rastros dos referidos túneis, como costuma ocorrer neste tipo de acontecimentos.

Seres inteligentes no interior da Terra

A crença em civilizações espiritualmente evoluídas que vivem no interior da Terra, participa de muitas e diversas tradições ao longo da história. O herói babilônico, Gilgamesh, protagonista da obra literária mais antiga que chegou aos nossos dias e muito anterior ao Gênesis visitou seu antepassado Utnapishtim, nas entranhas da Terra.

Na mitologia grega, Orfeu trata de resgatar Eurídice do inferno subterrâneo. No antigo Egito, acreditava-se que os faraós se comunicavam com o mundo inferior a que ascendiam através de túneis secretos, ocultos nas pirâmides. E, todavia, hoje muitos estão convencidos de que milhões de pessoas vivem em Agartha, um país paradisíaco e subterrâneo governado pelo rei do mundo.

Nem sequer a comunidade científica ficou imune a essa ideia: Leonard Euler, gênio matemático do século XVIII, deduziu que a Terra estava oca e que era habitada e o doutor Edmund Halley, descobridor o cometa Halley, astrônomo real da Inglaterra no século XVIII, também acreditava que a Terra era oca e que abrigava seres no seu interior.  Estas teorias, nascidas de cientistas reconhecidos alternaram-se com várias obras de ficção sobre o mesmo tema, dentre as quais podemos citar as *Aventuras de Arthur Gordon Pym*, de Edgar Allan Poe, em que o herói e seu companheiro têm um encontro com seres do interior da Terra. E naturalmente, *As viagens ao centro da Terra*, de Júlio Verne, em que um professor aventureiro, seu sobrinho e um guia penetram no interior da Terra, através de um vulcão extinto, na Islândia, e encontram novos céus, mares e animais.

A crença numa Terra oca chegou a estender-se tanto que inclusive Edgar Rice Burroughs, o célebre autor de Tarzan, sentiu-se, em 1929, obrigado a escrever *Tarzan nas entranhas da Terra*, onde o famoso filho da selva chega a um mundo que se encontra no interior da Terra e que está iluminado por um Sol central.

 Certamente, o gênero de ficção científica é abundante neste tema. Em 1936, H. P. Lovecraft escreveu *A sombra mais além do tempo*, que descreve uma raça antiga e subterrânea que dominou a Terra há 150 milhões de anos e que desde então, vive refugiada no interior do planeta.

Concretamente, as testemunhas sobre a cidade interior de Agartha (ou Shambala) abundam, e muitas delas procedem de personagens relevantes. O marquês Alejandro Saint-Yves d´Alvydre manifestou que em 1885 foi visitado por dois misteriosos personagens, enviados pelo governo universal oculto, que lhe revelaram a existência de Agartha e sua organização espiritual e política. Já em pleno século XX, viajantes ocidentais como o cientista polaco Ossendowski e o pintor russo Roerich, ouviram contar pelos lamas, e pelos nativos tibetanos, relatos sobre túneis que convergiam a um fabuloso país subterrâneo, onde habitava uma poderosa raça de seres que se daria a conhecer quando a humanidade houvesse chegado a algumas condições em que pudesse receber os conhecimentos necessários.

Então, sairiam para a superfície a fim de criar uma nova civilização de paz. Ferdinand Ossendowski, durante sua fuga para a Sibéria e a Mongólia, perseguido pelo exército vermelho, alcançou terras quase desconhecidas em torno do deserto de Gobi, Manchúria e as imediações do Tibet.

Nas suas investigações, contou com privilegiadas fontes de informação: aristocratas e lamas mongóis e deixou memória de tudo isso no último capítulo do livro *Animais, Homens e Deuses*. O pintor Nicholas Roerich também sentiu o apelo do Himalaia e abandonou a fama em 1917 para dedicar-se a lutar em favor da paz, desde seu refúgio no vale de Kulu, nas montanhas da Cachemira.

Recém falecido Lenin, Roerich chegaria à Rússia como portador de uma mensagem que lhe fora transmitida pelos grandes seres que habitavam em algum lugar ignorado dentro da Terra. Por mais disparatada que a muitos possa parecer a ideia de que a Terra possa albergar no seu interior uma civilização superior à nossa, a questão é que mentes muito esclarecidas não a descartaram, como é o caso do investigador Andrew Thomas ou do filósofo René Guénon, que trata desse assunto no seu livro *O rei do mundo*.

Como se sabe, o regime nazista ocupou-se de tudo o que se relacionasse com a suposta civilização secreta de Agartha. Hitler e seu círculo íntimo chegaram a estar persuadidos da realidade desse mundo oculto (acredita-se que se basearam na obra *A raça futura de Bulwer Lytton*) e inclusive mandaram expedições à Ásia Central com a intenção de entrar em contato com a hierarquia de referida civilização intra terrestre.

Uma porta nos polos

Entre os anos de 1926 a 1947, o vice-almirante Richard Byrd, da marinha dos Estados Unidos, realizou numerosas expedições a ambos os polos, o Ártico e o Antártico. Existe a crença de que, pelo menos numa dessas viagens, Byrd penetrou por uma suposta abertura existente no Polo Norte, encontrando no seu interior uma paisagem frondosa, com temperatura suave, rios e lagos, inclusive pode divisar à distância um animal, aparentemente, um mamute. Supõe-se que seus superiores o tenham proibido de falar desse achado e inclusive difundiu-se o rumor de que sofria de uma espécie de loucura.

Dezenas de livros e milhares de artigos foram escritos desde então. Alguns defendendo a existência da referida abertura polar, ainda que nem sempre seja visível, e outros, naturalmente, contra. Logo, no início de 1970, a administração do serviço de ciência do meio ambiente, pertencente ao departamento de comércio dos E.E.U.U., ofereceu à imprensa, fotografias do Polo Norte tomadas pelo satélite Essa-7, a 23 de novembro de 1968.

Uma das fotografias apresentava o Polo Norte coberto pela costumeira capa de nuvens e a outra, que mostrava a mesma zona sem nuvens, revelava um imenso agulheiro onde deveria ser o polo. O Essa estava longe de suspeitar que suas rotineiras fotos de reconhecimento atmosférico fossem contribuir para despertar uma das controvérsias mais sensacionalistas do século. De novo correram rios de tinta a favor e contra a suposta abertura existente nos polos.

O assunto, porém, não era novo. Quatrocentos anos antes, um eminente matemático e conselheiro real manifestava à rainha Isabel a conveniência de que a Inglaterra tomasse posse da Groelândia, a fim de ter em mãos a porta para outros mundos.

O Mistério do dr. John Dee

John Dee nasceu em Londres, a 13 de julho de 1527, filho de um nobre galês que estava a serviço de Henrique VIII. Foi um notável cientista, assim como um grande estudioso da magia e da alquimia. Ao longo de sua vida realizou uma quantidade de viagens, contribuindo com um aporte ao desenvolvimento das ciências navais e impulsionando em grande medida a expansão marítima da Inglaterra. Sua fama foi enorme.

Matemáticos, cartógrafos e marinheiros iam consultá-lo e estudar com ele. Muitos nobres pediam-lhe que se encarregasse da educação de seus filhos, sendo, em numerosas ocasiões, convidado a dar conferências sobre matemática em diferentes faculdades de Oxford. Dee chegou a reunir uma biblioteca com mais de 4000 títulos, mais ampla do que qualquer outra das que existiam na Inglaterra daquela época, incluídas as das universidades.

Naturalmente, não faltavam nela obras de alquimia que Dee estudou tanto em teoria como na prática. Em 25 de maio de 1581, apareceu-lhe um ser sobre-humano, ou pelo menos não humano, rodeado de luz. John Dee chamou-o de anjo, para simplificar. Este anjo entregou-lhe um espelho negro a que Dee chamou de pedra da visão e que se conserva ainda no Museu Britânico.

É um pedaço de antracita convexo, extremamente polido. O anjo disse-lhe que olhando este cristal, veria outros mundos. Poderia estabelecer contato com inteligências diferentes da humana. Seus experimentos obtiveram resultados insólitos, conforme reflete no seu diário.

Com o objetivo de entabular contato com os anjos, Dee valeu-se de diferentes médiuns que induzia a mirar na pedra da visão. Indicavam o que viam e o doutor anotava tudo meticulosamente no seu diário, assim como as instruções recebidas das distintas entidades. Entre os médiuns, encontrava-se seu próprio filho, Arthur, mas o mais habitual era um indivíduo chamado Kelley. O resultado foi por a prova um método sistemático para trabalhar com forças e poderes fabulosos, procedentes de outras dimensões e uma chave para entrar nelas, em mundos de estranhas paisagens e habitantes em cujas mãos estava a chave de outras realidades, inclusive a nossa.

Dee recebeu dos anjos chaves, selos e toda sorte de instrumentos para adentrar-se em universos paralelos ao nosso. O núcleo do sistema mágico de Dee era uma estranha linguagem, recebida através da pedra da visão, a que denominou de linguagem enoquiana ou chaves de Enoque, por alusão ao profeta que foi transportado aos céus sem experimentar a morte.

As distintas entidades que se comunicavam com ele podiam ser trazidas ao nosso nível espaço-temporal e a miúdo saíam do espelho para conversar com o doutor e seu médium. Numa ocasião, uma entidade passeou pela casa, conversando com ele em inglês, ainda que, com um estranho sotaque. Dee afirmava que a Terra não é exatamente redonda, ou pelo menos que está composta de esferas superpostas, alinhadas ao longo de outra dimensão.

Entre essas esferas, haveria pontos, ou melhor, zonas de comunicação e desse modo, o norte da Groelândia se estenderia no infinito, sobre outras terras diferentes da nossa. Por isso insistiu em várias missivas dirigidas à rainha Isabel explicando que era conveniente que a Inglaterra se apoderasse da Groelândia para ter em suas mãos a porta para outros mundos. Quando John Dee começou a anunciar que publicaria suas conversas com os anjos, foi acusado de magia negra e contra ele se desdobrou uma implacável perseguição.

Em 1597, aproveitando sua ausência, alguns desconhecidos excitaram um bando que assaltou sua casa. Quatro mil obras raras e milhares de manuscritos desapareceram definitivamente e numerosas notas foram queimadas. Depois, apesar da proteção da rainha da Inglaterra, a perseguição contra ele nunca cessou. Finalmente John Dee morreu destruído e descreditado aos 81 anos de idade.

O antiquário Robert Cotton que havia comprado um terreno próximo à casa de Dee começou a realizar incursões nela em busca de papéis e artefatos, descobrindo alguns manuscritos, principalmente registros de comunicações com seres de outra dimensão. O filho de Cotton entregou estes documentos ao estudioso Méric Causobon que os publicou com uma ampla introdução e sob o título de *A True & faithful relation of what passed for many years between dr. John and some espirits*, um

verdadeiro e fiel relato do que se passou durante vários anos entre dr. Dee e alguns espíritos.

O livro foi muito popular e rapidamente vendido. Por desgraça, essa obra foi em grande parte a responsável da pobre imagem de Dee que prevaleceu durante os seguintes dois séculos e meio, propiciada principalmente pelos comentários que Casaubon escreveu na introdução, baseados na sua própria opinião, distorcida pelas mais rígidas crenças religiosas da época.

Voltando às fadas

Aparentemente, nessa incursão pelos universos paralelos, afastamo-nos um pouco das fadas, duendes, gnomos e outros seres deste tipo, mas o fato é que continuam por aí, ainda que não possamos vê-los. Como bem dizia Bergier, um aspecto notável da nossa civilização, talvez de toda civilização, é uma espécie de complô. Um conluio para que não víssemos aquilo que não devíamos ver e para que não cheguemos sequer a suspeitar que nesse mundo em que vivemos há também outros mundos.

Como se faz para romper esse pacto não expresso? Talvez se tornando um bárbaro, mas antes de tudo, sendo realista. Quer dizer, partindo-se do princípio de que a realidade é desconhecida.

Abrindo-se para experimentar campos em que nunca antes havíamos aventurado e acolhendo os fatos que surjam, sem pré--julgamento. O único de que se necessita é mentalidade aberta e vontade de saber. Com essas duas premissas, logo aparecerá diante de nós o fantástico. No fundo, essa é a atitude da verdadeira ciência, ainda que nos hajam acostumados a considerar como ciência só o que o racionalismo do século XIX acabou por impor.

Ciência é o conhecimento de tudo o que a inteligência possa esquadrinhar, tanto fora como dentro de nós, sem desdenhar o pouco usual e sem excluir covardemente o que pareça escapar às normas. Dizem que a mente é como um pára-quedas: quanto mais aberta, mais útil resulta. Pensamos que uma mente fechada diante do novo é como uma proteção, quando simplesmente nos isola da realidade.

O que segue, são dois fragmentos de mensagens recebidas por Dorothy MacLean, procedentes dos considerados seres incorpóreos:

> *O que é a realidade? Não é esta comunicação mais real, mais vívida, mais semelhante a Deus que tua consciência cotidiana? Deves viver em tua consciência cotidiana, mas esta não tem por que ser tão limitada. "Vós, os humanos, vos aferrais sempre ao conhecido. Inclusive tendes a esperança de que todos sejam sempre iguais, sempre os mesmos, no lugar de compreenderem que sois criaturas diferentes do que éreis há um momento e que possuís infinitas possibilidades de serem ainda mais diferentes."*

• • •

Vós, os humanos, geralmente, não estais abertos. Possuís vossos próprios pensamentos separatistas, vossos próprios mundos que levais convosco, vossas próprias opiniões que excluem a dos demais. Isolai-vos da verdade por terem fins interessados e interesses pessoais. Nossos interesses são universais, estamos abertos a tudo, e, assim, recebemos sem impedimento muitos tipos de comunicação.

Que difícil é isto para vós! Cada um de vós estais condicionados por seu passado e encerrado em suas recordações, enquanto que nós somos livres para receber as contribuições alheias. Vós destacais vossas diferenças e deixais que elas vos guiem. Nós agradecemos a Deus o fato de sermos individualmente distintos e o de juntos sejamos o uno. Tratai de ouvir e de captar a vida sem prejuízos. Sois muito mais do que este padrão de comportamento criado por vosso passado. Todos sois filhos de Deus. Livres, claros e expressivos. Por favor, desapegai-vos das limitações dos pré-julgamentos e estai alerta para a vida.

Conhecimento e compreensão

A lente pela qual vemos o ser humano esteve tanto tempo desfocada sob o olhar míope, que já se oxidou. Tendemos a considerar unicamente o físico, esquecendo que o mundo é infinitamente mais amplo e profundo do que percebem nossos limitados sentidos exteriores.

Nossos olhos cobertos por uma tela de veneráveis telas de aranha, apenas podem ver uma única árvore e menos ainda o bosque, que nesse caso ficou reduzido ao folclore, ao mito e à lenda. Chegou o momento de removermos estas teias dos olhos e retroceder alguns passos para ampliar nossa perspectiva.

Os espíritos da natureza, os devas e as fadas, estão aí, ainda que nossos sentidos nos impeçam de captá-los. Permanecer abertos à ajuda que possamos receber deles pode ser vital.

É possível que nosso futuro, o futuro dos nossos filhos e inclusive a própria continuidade da vida na Terra dependam de que logremos uma maior compreensão e um maior conhecimento do mundo que nos rodeia e também e, sobretudo, dos mundos, todavia, inexplorados que albergamos em nosso interior.

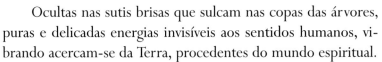

Epílogo

Ocultas nas sutis brisas que sulcam nas copas das árvores, puras e delicadas energias invisíveis aos sentidos humanos, vibrando acercam-se da Terra, procedentes do mundo espiritual.

Trazidas pelo ar matutino, flutuam palpitantes sobre as árvores, deixam-nos atrás deslizando velozmente e eriçando diminutos véus na superfície da vossa pele. Voam até o prado e o ultrapassam. Não podeis vê-las, mas as sentis, as saboreais, advertis sua presença.

Ao observar esses sutis sussurros que esconde o vento, notais que os pássaros os contemplam também, ouvem seus ensinamentos, brincam com eles, deles aprendem o que lhes depara um novo dia. Percebeis então as pequenas mensagens que vão e vêm pelo bosque.

As árvores, as samambaias e as pedras cobertas de musgos os escutam conscientes, sensíveis e expectantes. Na natureza produz-se uma comunicação multidimensional que flui em constante movimento. Quando lhe prestais atenção, o vento vos fala. Permiti que suas correntes movam vossos pensamentos com suavidade, do mesmo modo como a águia deixa que mova suas asas quando voa baixo, próxima às copas das árvores.

Se ouvis e observais em harmonia com o que vos sai ao encontro, descobriríeis seu significado oculto. Notareis que o vento gira por causa de algumas energias mais sutis do que a brisa.

Começareis a ver o bosque com olhos novos: como um sistema de informação viva que se estende através de uma rede de energia que, ainda que invisível, percebeis cada vez melhor. Vós a sentis, a imaginais, não com a vista física, senão de modo mais profundo e clarividente: percebeis, talvez, pequenas malhas de vibrantes correntes que se cruzam entre as árvores, entretecendo-se, unindo-se, girando lentamente na amontoada presença de um ser imenso e eterno.

A informação que voa através destas malhas transmite-se de um mundo a outro. Com o relaxamento, misturai-vos nessa rede palpitante. Já não vos sentis separados da sua infatigável energia criativa. Ireis senti-la dentro de vós, ao vosso redor. As vozinhas ocultas no vento levam-nos ao conhecimento da intenção que cria a vida terrena. Relaxai a tensão que retinha e limitava esse grande amor. Abandonai as imagens que tendes de vós mesmos, vossas ideias, vossas crenças. Olvidai vossos conceitos sobre a existência como homens.

E ao desaparecerem as definições culturais estareis experimentando, tanto no físico, como no espiritual, uma expansão natural da consciência e vos reconheceis como uma parte do mundo circundante. Já não aplicais de modo forçoso interpretações arbitrárias à energia criativa da vida. Deixai-a fluir em liberdade e percebeis melhor a presença viva de Deus. As sutis energias que leva consigo, cada sopro de vento, fazem-nos compreender que a influência do Sol contém informação, além de luz e calor.

O calor é informação da vida. A luz é inteligência. Ao penetrar no campo de ser, fundindo-vos com ele, adquiris uma experiência mais ampla de quem sois; descobris a inteligência solar depois das sutis brisas. Ouvis uma voz desconhecida, similar a que às vezes vos sussurra em vossos sonhos. Se vos comunicam ensinamentos que, no princípio vos chegam como observações cotidianas, como algo sabido desde sempre. Não obstante, neste estado de profundo relaxamento, permitis que os ventos solares soprem através das palavras armazenadas em vossa mente.

O mundo em que viveis não reconhece estas ideias, ainda que as intuam as crianças e os poetas. Escutai atentos para captar as palavras que vos ajudarão a traduzir vossa percepção. Procedente do mundo espiritual, a informação filtra-se até vós. Vós a captais com o corpo, com os sentidos. Penetra até esse lugar do coração que decide como empregar o tempo do modo mais criativo. Cada amanhecer traz indicações das atividades adequadas para o dia que começa.

O voo da águia, que atravessa a face do Sol nascente, emitindo sua chamada, não é acidental: está cheio de significados. É uma chave, uma mensagem, para as outras aves e os animais que a observam e lhes permitem acumular impressões do novo dia. A hora que escolhe para voar, a direção do seu voo e o lugar onde aparece para as aves e os animais que a esperam são parte da sua mensagem, são frases dos parágrafos da sua expressão.

Não obstante, há outras notícias, mais ou menos importantes, de igual validade para muitas criaturas. A reação dos corvos, o tempo que espera a coruja para retomar seu canto depois do grito da águia. Os pássaros e os animais prestam atenção. Que tipo de dia será hoje? Haverá que buscar alimento nas vertentes das montanhas? Será melhor dirigir-se à planície? É uma manhã propícia a voar para as copas das árvores e continuar cantando? Ou valerá a pena começar trabalhar, porque pode chover antes que acabe o dia? Em todo o momento, o grande espírito comunica a suas criaturas tudo o que necessitam saber. Revela a verdade continuamente a este mundo por meio dos seus 10 mil bilhões de representantes angélicos, animais vegetais e minerais, através de uma imensa e delicada rede de desenho vivo que vai mais além da atmosfera. De cada um depende perceber o modo em que se traduz essa verdade e se relaciona com ele em cada momento do dia. Isso é tão certo para os humanos como para qualquer outra criatura.

O procedimento é simples, pois essa percepção e sua tradução não se levam a cabo com a mente. É um processo autônomo que tem lugar de modo espontâneo e inconsciente quando o juízo se adormece e permite à percepção direta cumprir seu encargo. É tão natural que se produz sem esforço, quando a mente abandona suas interpretações culturais e confie em que ides experimentar a luz que emana da natureza e que sempre está presente, quando vós estais presentes. O intelecto é positivo e a razão, um instrumento valioso. Mas a mente foi criada para servir o espírito humano, não para eclipsá-lo.

O espírito, em harmonia com as energias criativas que vibram sob a superfície da Terra, determina o comportamento de modo muito mais rápido e efetivo que o ego com seu lento raciocínio linear. Observai o rico e assombroso mundo que vos rodeia, prescindindo desse raciocínio e superando vossa individualidade. Em qualquer momento tendes ao vosso redor a informação de que necessitais. Sempre vos rodeia verdade do que é. Quando vos relaxardes, adquiris uma consciência mais profunda da nossa espécie, perdereis o medo. Então sentireis o vosso entorno cooperando convosco e disposto a servir-vos de guia no mundo que haveis escolhido.